读者
Duzhe Jinghua / Wenzhai
精华文摘

在心墙上
种一朵百合花

陈晓辉　一路开花◎主编

煤炭工业出版社
·北京·

图书在版编目（CIP）数据

在心墙上种一朵百合花／陈晓辉，一路开花主编.
--北京：煤炭工业出版社，2015（2023.1 重印）
（读者精华文摘）
ISBN 978 - 7 - 5020 - 4952 - 2

Ⅰ.①在… Ⅱ.①陈… ②一… Ⅲ.①散文集—中国
—当代 Ⅳ.①I267

中国版本图书馆 CIP 数据核字（2015）第 206617 号

在心墙上种一朵百合花

主　　编　陈晓辉　一路开花
责任编辑　马明仁
责任校对　郭浩亮
封面设计　宋双成

出版发行　煤炭工业出版社（北京市朝阳区芍药居 35 号　100029）
电　　话　010 - 84657898（总编室）
　　　　　010 - 64018321（发行部）　010 - 84657880（读者服务部）
电子信箱　cciph612@126.com
网　　址　www.cciph.com.cn
印　　刷　北京飞达印刷有限责任公司
经　　销　全国新华书店

开　　本　710mm×1000mm^1/$_{16}$　印张　14　字数　180 千字
版　　次　2015 年 10 月第 1 版　2023 年 1 月第 6 次印刷
社内编号　7798　　　　　　定价　46.00 元

把生活过成最美的诗句

雪炘

他是为数不多，没被我的直接尖锐吓跑，而每次都表现得很绅士的男生。

他家离我住的地方不远，当我将他挑剔到无力反击的时候，他说，见面吧。既然那么有缘，我也闲来无事，见面谈谈无妨。

他说他想了好几天，见到我要聊什么，可见面时还是显得很沉默。

我说，你平时生活中就这么不爱说话吗？

他说，大抵如此吧。

我心想，这样才好，因为他说话直接到让你吐血。比如，他见到我第一句话是，你的身体状况比我想象中严重很多。

我点点头，微笑，因为感觉没法接。

他又杀出第二句，你能说话吗？

我脑子里"嗡嗡"作响，气流从鼻孔涌出，却只能继续微笑。

他马上接着问，你笑什么？

我笑着摇摇头，说，我们还是走走吧。

夏天清晨的校园有轻凉的风，我却感觉太阳照在肌肤上有一种灼烈的想逃脱的感觉。走到阴凉处，他很仔细地擦擦石椅，和我并排坐下来。这次好像好了一些，我们开始聊新闻和电影。可没过多久，我又无法去接他那独特的言辞，我们便继续漫步。

再遇阴凉处，他又掏出纸巾，仔细擦着凳子，然后走向垃圾桶。我们坐在树下，开始聊生活和感情，这次感觉好了很多。微风拂过草地，树上的虫子不断落在我身上，他一个一个捉走。

我问，为什么虫子不落在你身上？

他说，因为你是香的，我是臭的，它也懂得吃香的喝辣的。

我瞬间要跪着感谢上苍，原来也给了他幽默细胞。

后来相处久了，才发现，他说话总是那么不紧不慢、面无表情，但每句话都能让你笑到半死。他对人的关照，自然中透着细致，细致到会默默抚平你发间的疲惫。

他会把你爸、你妈，改说成叔叔、阿姨。每次出门，他都会把沿途的垃圾收集在一个袋子里，然后找垃圾箱放进去。如果道路狭窄，他就将我拉到旁边，让别人先过。如果是晚上，他会提醒我，说话小声点，别打扰别人休息……

我从他身上清晰感受到一个词——教养。

有个朋友说、教养不是道德规范、也不是小学生行为准则，其实也并不跟文化程度，社会发展，经济水平挂钩。它更是一种体谅，体谅别人的不容易，体谅别人的处境和习惯。

同样，教养是能够从内心深处理解和接纳别人不常规的地方。其实生命的相同之处，就在于他们用各自的特点，表现出了完全不同的样子。

阅读是为了解释经历，而经历能够让一个人足以体悟他人。有了这种体悟，你才能在生活中，更好地与一切相处。你不会粗暴地赞美或者责难，因为你明白所有事物背后都有一条逻辑链，只是我们常常忽略或看不到。

我们都是有教养的人吧，所以才没在不美好的相遇中匆匆抽身而退。我叫他"澳大利亚"，因为他像一部百科全书，好像什么都知道；虽不扎堆，却富足优雅，仿佛拥有一个完整的世界。

我们常常聊电影聊生活聊工作，他的每句话永远那么搞笑，却能耐心听你说任何事情，然后不紧不慢发表言论。

他从开始，就教了我一个词叫"无欲则刚"。起初我不太明白，后来我懂了：只有对外界毫无索求的人，才能在生活的每一场剧目中，优雅地缓缓出场和落幕。而我们都活得太急躁，什么事都在争取时间，不经意间就提高了语速和步伐，却不知道如何将自己拉回来。

一直被教导着，做一个有用的人，去干伟大的事情。可是，何为有用的人，何为伟大的事？有人为了达到自己的目的，不惜用各种技巧和方法，去损害别人的利益，甚至尊严。这种人就算腰缠万贯，成为世俗意义上的成功者，你能说他是个有用的人，做了伟大的事吗？

我们都是尘世里的平凡人，平凡到如同一颗沙子，一阵风吹过就能消失不见。阅读不会让你变得伟大，更不会成就你的梦想，它只会让你在平凡里从容不迫，成为一个有教养的人。

在偌大的宇宙空间里，我们本身是没有任何意义的，我们只对彼此有意义。于本身生命而言，最幸福的不是你被多少人熟知和认可，而是你有情趣把细小的日子过到精致。

书里教给我们为人处世的技巧和方法，我们要了解和懂得，但不要让自己能为技巧和方法的载体。所有的方法和技巧，都为是为了彼此更好地沟通和理解，而不是为了达到自己所谓的目的。如果你本身就是在演戏，那演技再好，也不过是戏。人与人之间重要的是坦诚，直接表达，好过一切粉饰过的委婉动听。

我们可以普通，但要像"澳大利亚"一样绅士优雅，把生活过成最美的诗句。

2015 年 5 月 13 日

书于陕西杨凌

雪炘，先天性脑瘫患者。拒绝《感动中国》栏目组邀请，拒绝接受残疾补助。热爱生活，尊重平凡。文章常见于《青年文摘》《思维与智慧》《疯狂阅读》《做人与处世》《课堂内外》《知识窗》等杂志，并入选多部图书。获全国性文学奖数次。

目　录

第一辑　医生判我三个月生命

没有什么可以马上夺去你的生命，除非你自己放弃。哪怕是绝症，也存在足够的时间让你喘息调整，并重新找回自己。奇迹也只发生在那些乐观的人身上。

第二辑　树上掉下个眼镜熊

生命的过程是不断寻找探索和发现的过程，许多生存的技能就是这样形成的。千奇百怪的技能，千奇百怪的生命，构筑了自然界的繁盛。

第三辑　你就是童话里那个天使

年少时期的友谊是单纯的,没有利益,没有情爱,只要为了对方好,就可以放弃自己心爱的东西。

第四辑　低眉尘世,看见花开

在这个浮躁的世界里,学着去做一个低眉的人,默然相爱,寂静欢喜。

第五辑　那株不开的水仙

　　每个女孩子心中大多都有一个秘密，关于一个男孩子的秘密，后来秘密公布了就在一起了，那些没有公布的秘密，就像水草一般疯长。

第六辑　低头的温柔最可贵

　　有时候主动妥协，并不是因为错了，只是因为更在乎彼此的感情，更在乎对方，更在乎在一起的结局。

第七辑 用手指和耳朵打开斑斓多姿的世界

茫茫人海,最难认清的就是自己。给自己定位,做适合自己的事情。

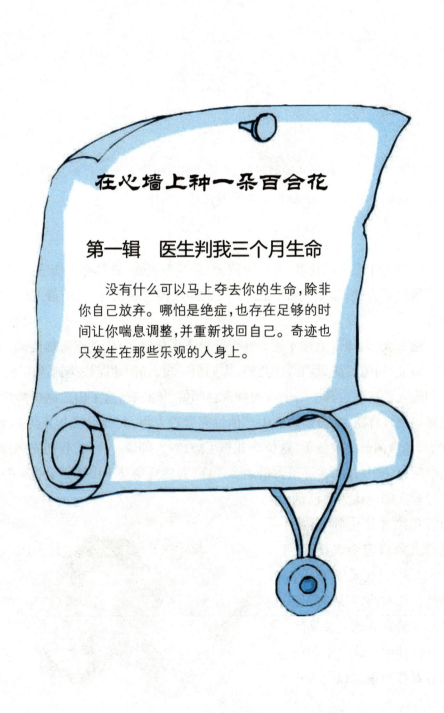

在心墙上种一朵百合花

第一辑　医生判我三个月生命

　　没有什么可以马上夺去你的生命，除非你自己放弃。哪怕是绝症，也存在足够的时间让你喘息调整，并重新找回自己。奇迹也只发生在那些乐观的人身上。

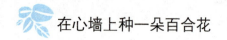

弯路走直

小刚

只有变通，只有切合实际的行动，才能适应这个变化万千的世界。因为天真的理想主义者，纵使执着、纵使顽强，却依然是软弱的！

——石悦

一位秀才想考取功名，为国家效力，但科考屡败，难免心生伤感。于是，他到寺庙里找大师，希望大师点拨人生，大师让他在庙中住下，清静几天，好好思考。

这一天，大师带上秀才还有几个徒弟下山化缘。下山的路蜿蜒陡峭，大师停在路上，问他的徒弟们："徒儿们，你们想一想，如何才能快速到达山下。"徒儿们陷入了沉思。其中一个对大师说："师傅，依我看，这下山之路虽然弯曲，但我们一直奔跑，定会很快下山。"他说完看着大师。大师听后点了点头，没有言语。他看向另一位徒弟，这位徒儿想了想，对大师说："师父，我们先跑，跑到山中间有一个村庄，在那里再借老乡一匹马，然后骑马下山势必更快。"小徒弟看着大师，认为自己的回答比刚才那位师兄强，想着大师肯定会表扬他。可大师听后还是不言语，显然，他对两位徒弟的回答不太满意。他接着又问另一位徒弟，这个小和尚没有着急回答，思考了片

刻，然后拍着胸脯对大师说："师父，我知道怎么最快下山！"大师眼睛一亮，忙问他如何，他摸了摸头，对大师说："弯路走直！"大师听后拍手称赞，夸这位徒弟悟性高。

大师看向秀才，问秀才对这句话可有感悟？秀才茫然，不知所云。大师靠近他，拍着他的肩膀说："弯路走直，那说明他在寻找捷径，找到了捷径，那就会很快到达目标。"秀才听后，立即明白了大师的用意。

第二天，秀才下了山，他终于明白，自己考取功名是为了报国，可他并不是考取功名的料，这些年他一心报国，可却一直在走弯路，他果断地放弃了科考，转而去做生意，后来他的生意越做越大，给朝廷贡献了大量的税银，有力地支持了朝廷，成为了有名的爱国商人。

　　人生贵在坚持，却也需要转弯，适时地变通，才不至于让你一头钻进死胡同。正所谓"山重水复疑无路，柳暗花明又一村"。

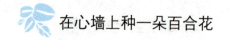

九句真话和一句谎言

孙道荣

有些精灵奉承你,诱哄你,其实它们也只想咬人,而且都是火辣辣的。

——罗曼·罗兰

被朋友拉去听一个关于养生的讲座。主讲人有一串很大的名头,在圈内有不小的影响力。

说实话,我是带着抵触情绪来听的。对类似的讲座,我一向没有好感,认为不过是一种推销术,讲来讲去,其最终目的无非要推销某个理念,或者某种产品。

这次,听着听着,却入了迷。不得不承认,主讲人讲的都是养生常识,以及容易让人混淆的误区。比如,一段时间十分流行的一个养生之道,每天喝八杯水保健康。主讲人言辞恳切而又尖锐地指出,每个人所需要的水分其实并不一样,喝多了不但无益健康,还会造成肾脏的负担。

对诸如此类的养生误区,主讲人一一剖析,言之凿凿,发自肺腑,听讲的众生不时发出感叹之声。看得出,大家显然都被错误的养生之道贻害已久,所幸今天遇到了真正的养生大师,讲得句句是实话,字字乃真言,没有虚夸,没有谎言,坦诚而真切。大家报以热烈的掌声。

然后,主讲人忽然话锋一转,拿出了讲台下的某个产品,开始介绍起特殊的功能。

我猛然惊醒,这才是她要讲的正题啊。而前面所讲的所有的真话、实话,只是一个又一个铺垫。

那场讲座的尾声,是很多人甘愿掏腰包,纷纷抢购其带来的某养生产品。

和朋友探讨主讲人的手腕,很简单,前面讲了九句真话,就为了最后一句谎言。而因为有了九句真话的铺垫,使最后一句谎言看起来像真话一样诚恳可信。于是，众人被迷惑了，一切水到渠成。

一个谎话连篇的人，很容易就被人识破、戳穿，换句话说，没人会信任一个满口谎言的人。但如果九句真话后，只附了一句谎言呢？情形恐怕就完全不同，人们很容易在前面真话的诱导下放松警惕，而将那句谎言也奉为真话。

看过很多科幻电影，为什么明知是科幻片，很多人看着看着，却信以为真？道理很简单，科幻片的基底，是建立在众多早被验证了的科普知识之上的。前不久看过一部科幻大片《盗梦空间》，故事惊心动魄，引人入胜。我们知道，梦是虚幻的，那么，梦境可以被入侵窃取吗？常识告诉我们，这是不可能的。但是，这部电影里面，告诉了我们很多"科学知识"，比如它明确地告诉你，梦是现实存在的；梦里的 5 分钟，相当于现实中的一个小时；心理学上的研究表明，催眠师很难让被催眠者做出违反他们自身意愿的举动，基于这个科学依据，电影中将思想植入设定为最困难的境界，使人相信它的科学合理性，而不是胡编乱造的无厘头……在合理的"知识"掩护下，盗梦变得似乎不再是遥不可及，而成为一种可能，使现实和虚幻相互交融。

有个同事，自诩从来不讲假话，在我们平素与他的交往中，也确实感受到了这一点，他的实诚，为他赢得了信任和尊重。一次几个人聚在一起打牌，他的妻子忽然打来电话，问他在做什么，他平静地回答，在和领导谈工作。他的妻子相信了。我们都错愕不已，这本是一个无伤大雅的谎言，但这句小小的谎言，却让我们对他的人品开始重新审视，他真的如他所言，从没有对我们说过谎吗？还是我们根本没有识破？

我宁愿相信这个世界上，真的有从来不说谎的人，但更大的可能性是，他说了九句真话，后面却有一句假话。一种可能是，他无意间不慎冒出了一句谎言；还有一种可能是，他讲了九句真话，目的就只为了让你相信最后那句谎言。被九句真话层层包裹的那句谎言，往往具有更大的欺骗性，听起来比真话更像真话。我们要小心谎言，尤其要警惕真话掩盖下的那句谎言。

我们经常会陷入这样的误区：认为一个人不讲谎话，那他就永远不会骗人。一个人老是做正确的事，那他就不会犯错。最可怕的不是处心积虑的人，而是冷不防被你最信任的人重伤。

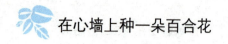

蜂鸟的敌人

倪西赟

知不足,然后能自反也;知困,然后能自强也。

——《礼记》

蜂鸟几乎是世界上最小的"精灵",它的双翅拍击迅捷,飞行本领高超,可侧飞,可倒飞,可垂直起落;最高时速每小时可以达到 100 千米,素有"动物中飞行的彗星"之称。

蜂鸟胆量十足,遇到比它大几倍甚至是十几倍的大鸟也不怕,如果大鸟胆敢惹怒它、欺负它,它可以巧妙地利用身体小的优势,伏在大鸟的身上反复啄它、攻击它,让大鸟狼狈逃跑。所以,蜂鸟在自然界中鲜遇危险。然而,蜂鸟遇到以下两种情况,死亡率却很高。

蜂鸟对外来的危险非常敏感,而对潜在危险却视而不见。在哥斯达黎加的加勒比海岸,有一种以树为家的蛇叫睫毛蝰蛇,是蜂鸟的天敌。睫毛蝰蛇身体金黄色,它一般主要是栖息在棕榈树上,猎食的时候就到蜂鸟采食植物花蜜的枝头等待。因为睫毛蝰蛇颜色艳丽,在蜂鸟眼里,一动不动的睫毛蝰蛇就像是一朵美丽的花朵。睫毛蝰蛇有的是时间,它等蜂鸟放松警惕,选择机会并迅速一击,再敏捷的蜂鸟都难以逃脱,便成为它的美餐。还有一种情况是,蜂鸟如果误入大楼或者室内,常常无法逃脱。便因为蜂鸟遇到危险时,会变得非常急躁,它会非常固执地向上飞,一次次撞向坚硬的顶。蜂鸟的这种固执,不仅会耗尽它的体力而且会撞得伤痕累累,最终导致死亡。

在很多时候,我们很多人就像蜂鸟一样,常常因为自己有优势而忽视自己的劣势,常常因为自己的固执而导致优势的丧失,所以,在某些时候,优势可以加强,但劣势必须避免,因为劣势往往是致命的。

金无足赤,人无完人。关键在于不要让你的劣势,成为你失败的导火索。

人生没有多余的珠子

贾子安

任何一段经历,对于每个人都是很宝贵的经验。

——曾仕强

前几天读《史蒂芬·乔布斯传》,里面讲了乔布斯年轻时候的一段经历。位于俄勒冈州波特兰(Portland, Qregon)的里德学院(Reed College),是乔布斯只读了一个学期就离开的学校。由于不到20岁的他还无法清楚地了解读这个学位的价值,尤其当学费耗尽了父母微薄的薪水时,他果断地休学了。但是这半年的大学生涯于他却有着非凡的意义,对他以后的人生产生了深远的影响。

里德学院有很好的书法指导课程,校园里的海报或标语上,甚至学生的课桌上,随处可以见到学生们书写的优美的字体,这使得乔布斯对此产生了浓厚的兴趣。休学后,乔布斯选修了书法的相关课程,从中不仅学到文字的优美写法,也见识了字母在组合时的间距灵活性。无疑,这一阶段的学习,对乔布斯来说是艺术的重要启蒙。

当年只是着迷于字体的美感而选修了书法课程,孰料十年后,当乔布斯和同伴开始设计第一台麦金塔

电脑(Macintosh)的时候,忽然回忆起曾经学过的这门书法课。他灵机一动,于是将这些字体观念与应用融入了麦金塔的设计里,因此后来的电脑便有了各种漂亮的字体可以使用。

乔布斯的这段故事告诉我们,人很难在当时就能看出各种遭遇与经历的意义所在,只有时过境迁,再重新回顾过往的时候,才知道它会在你生命中具有何种价值,会迸发出怎样璀璨夺目的奇异光彩。

突然想到了朋友的故事。朋友小时候与一家裁缝铺比邻而居,使得她有机会从裁缝铺里捡各种颜色的细碎布头,然后一个人穿针引线,连缀成色彩斑斓的布片和形状各异的布娃娃。长大之后,朋友对绘画的兴趣越来越浓厚,稍有空闲就埋头画画。她对绘画的痴迷,可以说到了走火入魔的地步,家里、食堂、宿舍、课桌上,甚至厕所的墙壁上都留下了她的即兴涂鸦之作。她的画作虽寥寥几笔,但人物的神态和动作无不栩栩如生,惟妙惟肖,每个看到的人都赞叹不已。

多年之后,朋友考上了中国传媒大学,开始接触动漫设计。她很快便得心应手,表现出了超人的才华,在动漫领域渐渐崭露头角。短短的几年工夫,她已经是声名鹊起的动漫设计师了,听说现在有了自己的公司,年利润几百万元。

当有人问及她的成功,她骄傲地说:"非常庆幸儿时与裁缝铺为邻,让我接触到了那么缤纷斑斓的色彩和线条,那时的经历培养了我最初的美感;也非常感谢少年时代老师和父母对我的包容,让我得以继续儿时的梦。这些经历都让我受益无穷啊。"

毫无疑问,朋友的这些经历与她日后的成功有着多么密切的关系。让我们不得不惊叹生活和命运的奇妙!我们永远不知道曾经的经历什么时候会派上用场,有了真正的价值;我们永远也不知道上天在我们内心播下的种子,什么时候会悄然发芽,暗自生长,有一天竟然会变成参天之木。

我们常常在时过境迁之后,才知道人生为何会有如此的安排。因此,当我们遭逢挫折或享受万丈荣光的时候,既不必垂头丧气、怨天尤人,也不要趾高气昂、得意忘形,因为我们无法明确这小小的失落和成绩,在漫长的人生长河里会占据着怎样的分量,会产生怎样的价值。

　　所以,我们先不要着急诊断当前的遭遇,不要急着对当时的经历做出判断。太多当时不解的疑惑与遭遇,都要到很久之后才会揭开谜底,我们才会恍然大悟,当初上天是如何在我们的心灵中播种,才成就了我们如此灿烂美好的人生。

　　每一段经历都是一颗闪光的珍珠,只有把它们一颗颗串联起来,才能组合成人生璀璨夺目的项链。而人生没有多余的珠子,每一段经历都是我们极其宝贵的人生财富。

　　经历失恋,让你学会怎么去爱一个人;经历挫折,让你学会怎么重新再来……感谢经历,让我们成长。

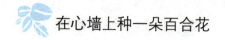
三告铁道部的男人

杨宝妹

人只有献身于社会,才能找出那短暂而有风险的生命的意义。

——*爱因斯坦*

五年前,一位普通的男人从北京西站乘坐 T513 次城际特快回石家庄。就在这趟拥挤的列车上,他与餐车的乘务员发生了激烈的争执。

原因是他在餐车上买了一瓶三块钱的矿泉水,而没有领到等额发票。列车员笑了,说自古以来,火车上就没有发票。许多乘客都劝慰他,说火车上的确没有发票,也不可能因为一瓶矿泉水给乘客配备发票。

他在列车上渐渐安静了下来。所有人都以为这件滑稽的事情已经结束。却不知,他已将一张状纸,递上了北京铁路法院,上面赫然写着——被告:中华人民共和国国家铁道部。他的理由很简单,就是乘客在铁路餐车用餐后无法获取正式发票,这种霸王条款,严重侵犯了消费者的合法权益。

所有人都说他疯了,而同年 11 月,北京铁路法院也以不是铁路餐车没有发票,而是他没有用内部收据换取发票为由,驳回了他的诉讼请求。

12 月 7 日,这位普通的男人再度乘坐火车,又因在餐车购物没有获取正式发票和列车员发生了争执。事后,他又以相同的原因,将北京铁路局和太

原铁路分局告上了法庭。

无可厚非，他的请求再度被驳回。他彻底成了人们眼中的异类。

事情并没有就此结束，过了一段时间后，他又呈上状纸，把铁道部告上了法庭。仅仅四个月的时间，他便以在火车餐车购物之后不能得到正式发票为理由，连续三次把"铁老大"搬上了法庭。

这一次，北京铁路法院终于判他胜诉了。这一结果，迫使铁道部不得不向全国各铁路局发出《关于在铁路站车向旅客供餐及销售商品必须开具发票的通知》，结束了中国火车不向乘客开出发票的历史。

所有人都以为，他会因此和铁路工作人员结下梁子。当他再次乘坐T513次列车回石家庄时，在餐车上买了一个盒饭，他尚未开口索要发票，列车长便亲自走了过来，轻声询问："先生，您是现在要发票呢，还是我待会儿给您送过来？"

次年4月27日，他因买到忽然涨价的火车票而大怒不已，再次将中华人民共和国国家铁道部告上了法庭。理由非常简单，铁道部2006年春运涨价不开听证会的程序实属违法。

当许多人都在嘲笑他的时候，胜诉的消息再次传出。这个不可思议的审判结果，致使铁道部在2007年1月10日上午11点突然宣布，决定废除实行了14年的春运火车票涨价制度，并且公开承诺，今后春运不再涨价。

这个疯狂的男人就是因打破霸王条款而被新浪网和《环球财经》杂志联合评选为"构建经济和谐十大受尊崇人物"，并先后被提名为2005年中国法制新闻人物,2005 年度十大法制人物的郝劲松。

这两起案件分别入选 "2005 年中国十大案件","2005 年中国十大影响性诉讼",郝劲松也以"维权战士"的身份被载入 2005 年《中国法治蓝皮书》。

他说:"人们在强大的力量面前,永远只会选择服从,但是今天如果我们放弃了三块钱的发票,明天我们就有可能被迫放弃我们的土地权、财产权,以及生命的安全。权利如果不用来争取的话,权利就只是一张纸。"

当记者问他你靠什么赢得尊重时,他说:"我靠为我的权利所做的斗争。"

我们似乎都喜欢沉默,总以妥协的方式去应对许多不合理的现状。个人的力量虽然有限,但是只要不放弃,总会赢得属于自己的权利。

医生判我三个月生命

孙开元

我们曾经为欢乐而斗争，我们将要为欢乐而死。因此，悲哀永远不要同我们的名字连在一起。

——伏契克

如果医生告诉你，你的癌症太顽固，已经完全没有治愈的可能，你会有何感受？我可以告诉你，那种感觉就如同是大海中的一个巨浪把你打了下去，然后是接二连三的巨浪，让你再也浮不上来。你挣扎，想喘口气，可是再也没用。

2009年夏末的一天，医生就是这样告诉我的。那时我在波士顿市一所中学里教书，我和丈夫亚当有个两岁的女儿，叫格蕾西。我有一段时间老是干咳，并且伴有胸痛，迟迟不愈，于是找医生做了检查。学校就要开学了，我怕自己得的是什么传染病。

医生让我拍了张X光片，检查说是肺炎，并且看到胸部有阴影。"也许是你在拍片时动了或者咳嗽了。"她说。亚当和我要在"五一"节去缅因州看望父母，所以医生给开了些抗病毒药，为了保险，嘱咐我回来后做一次CT检查。我感觉还是挺好的，在那个周末骑车、和家人野餐，但是我并不知道，那是我人生中最后一次平平常常的度假。

回来拍完CT，医生们告诉我要等几天才有结果，但是刚过一个半小时，医生就给我打来了电话。我的心一沉，预感到事情不好。我能听出，医生在竭力保持声音的镇静。"你的胸部有肿块，"她说，"我们需要对你进行更多的检查。"

六个星期后，检查结果出来了，我得的是非霍奇金淋巴瘤，而且属于一种少见类型。在一位肿瘤专家为我检查时，我能感觉到右胸部的肿胀感。为了减轻心理负担，亚当和我开玩笑说那是我的第三个乳房。但是我感觉那更像是一个变异生物占据了我的身体，正在里面膨胀着。

朋友和家人们都十分关心我，他们当中的很多人有的坐飞机来看我，想方设法地为我提供各种帮助。妹妹苏珊娜和阿曼达更是整日陪着我，那时候阿曼达刚刚结婚。但是我生性倔强，喜欢独立，过了很多天才适应了别人的帮助。

而且我也不怎么害怕，这位来自哈佛大学的肿瘤专家非常有信心，他对我说："我们用化疗在近 10 年里治愈了 95% 的像你这样的癌症病人，所以你就计划下一次旅行吧。"化疗会使我脱掉全部头发，我对这也没当回事，对大家说："头发还会长出来，如果是治病需要，那就让它脱光好了。"

话虽如此，可化疗确实很可怕。我感觉身上难受而且疲惫，如同是连续工作了 20 个钟头，老是觉得累。更糟糕的是，在 6 个星期里进行了两个周期化疗后，肿瘤部位还在痛，咳嗽时疼得我直流眼泪。扫描显示，这个治疗方法根本没起作用，肿瘤还在增长。这让我大吃一惊，因为这和医生的预期完全不同。我感到六神无主和害怕，但是肿瘤专家说我还有机会。

在接下来的化疗中，我在每次治疗期间都要住三天医院。家人想尽办法帮助我，亚当每天除了在医院陪我，还要在家尽量周到地照顾格蕾西，真不知道他费了多少心。住在迈阿密州的妈妈时常会给我发来鼓励性的电子邮件和明信片，爸爸只要哪天不来看我，就一定会给我打来电话。妹妹苏珊娜是个长跑健将，她正竭尽全力筹集资金，组织一次马拉松比赛，用以资助白血病和淋巴瘤研究小组的治疗工作。

我们家房子里里外外总是会有人，他们来做的第一件事是洗盘子，也几乎总是会把东西放错地方。亚当和我在找盘子或杯子时经常会发笑，因为我们会在一个想不到的地方找到它们。

又经过两疗程的化疗后，肿瘤专家、一名护士和亚当陪着我去做了检查。医生看起来表情凝重，不过我已经两次听到过坏消息，即使第三次还是坏消息也不会再吓倒我了。结果确实是："化疗对你没有效果。"医生说。他的话像锤子一样砸在我的心上，让我透不过气来。我像抓一棵救命稻草一样，望着肿瘤专家希望他突然宣布："对不起，我们误诊了，你得的不是肿瘤。"但是没有，我无奈地向医生问出了人生中一个艰难的问题："如果所有的治疗都不起作用，我还能活多久？"专家尴尬地停顿了一会儿，然后说："我们不会放弃，但是，估计你还有三个月左右的生命。"

我绝望了，我曾经克服了几个月的恐惧和紧张在这一刻完全爆发出来，感觉自己被浪头一下卷进了海水里。我从屋子里跑了出去，亚当和护士追在我身后到了候诊室，我瘫倒在地上，哭了起来。

活在恐惧和碰壁中

知道自己死期将至，心里会有何感想？人在死亡面前无能为力，这种痛苦的感觉无以言表。我相信自己是没有希望的人了，我不敢再想人生的长远目标，只有关注自己能左右的生活细节。我和亲朋好友们说："我知道你们不想听我留遗言，但是我需要让你们知道我的想法和愿望。"我嘱咐苏珊娜一定要负责将来给格蕾西买第一副胸罩。那是我女儿人生中的一件大事，但我已经看不到那一天了。我嘱咐亚当，尽量让我死在家里。他向我保证说他不会再婚，我告诉他，他是个好丈夫，但不再婚是愚蠢的。

尽管如此，我还不甘心这样等死，医生们也是。化疗有好多种，我们只进行了基本治疗。这意味着我们还可以进行新尝试，看有没有一线希望。

住在乡下的公公鲍勃给各地医院打了几十个咨询电话，最后联系到了马里兰州卫生部的几位专家，那里的研究者正在试验一种新化疗方法。给我治疗的肿瘤专家同意和卫生部的专家进行对话,并帮我们配合治疗。我们把格蕾西送到了她的爷爷奶奶那里,然后就去了马里兰州,那里的医生给我带上了一个小巧的给药泵,药物可以源源不断地输进我的身体。我以前体质很好,可化疗影响人的食欲,现在我日渐消瘦和虚弱。我的秃头已经够难看了,现在眼眉、睫毛、甚至鼻毛都脱落了,还老流鼻涕。

第三次去马里兰时,医生的脸色让我更为恐惧。我胸部的肿瘤停止了增长,但是右肾又生出了一个肿瘤。"如果你还有肿瘤生长,那我们的治疗就是也没起作用。"医生说。我彻底绝望了。

最后的机会

治疗组又拿出了一张牌:主干细胞移植。他们决定将一位志愿者捐献的细胞植入我的免疫系统。通常只有病情已经缓解的病人才能接受这种移植,而我的癌症正在发展,所以按理说不适合这个办法,而且单单是移植所必需的高强度化疗和放疗也许就会要了我的命。但是癌症研究所的移植和免疫学研究部正在研究一种新治疗方式,采用低强度化疗,不进行放疗,减少了危险。

治疗组的医学教授大卫·哈尔沃森说:这个疗法从没在一个肿瘤巨大而又正在增长的淋巴癌患者身上用过。后来我得知,他在私下里和别人说,他对我的治疗已经不抱什么希望。但是为了女儿,我必须要和癌症做斗争,我不敢想象自己不能看着女儿长大成人。我的两个妹妹自愿捐献主干细胞,阿曼达和我的细胞相匹配。移植细胞那一天说到就到,移植过程只用了 15 分钟,阿曼达捐献出的细胞就从一只塑料袋里注入进了我的胳膊。住院的这段时间里,医生时刻警惕着我不受细菌感染,但是我可以去图书室,也能在病房里跟亚当和格蕾西见面。九天后,我搬进了一座租期是一百天的房子。虽然治疗的效果遥遥无期,我还是感到希望和信心又回到了心头。但是我的体重还在下降,这是个可怕的现象,一个身高 5.7 英尺的人体重只有 103 磅,看起来不协调。我的眼睛周围长了黑眼圈,这对于我来说无所谓,毫不重要。7 月的马里兰州,外面如火烤一般炎热,我在家却要洗热水澡,就是为了让身体保持温度。我经常站在沐浴喷头下哭,因为我的身体很难看。

亲朋好友和我的病友们开始为我轮流做祈祷,这个队伍日渐扩大,后来祈祷者遍及美国各地。如此众多的人在支持我——医生们、家人、朋友甚至是陌生人。我不相信单单是祈祷,上帝就会赐给我奇迹。但是有这么多人的支持,确实给了我极大的精神力量。

终于有了好消息

在我接受细胞移植后的第 28 天,几位专家急匆匆来到我的房间,给我拿来了化验结果。他们兴奋地告诉我,肿瘤停止了生长,而且患病部位的细胞活动明显不再那么活跃。"就移植初期的治疗来说,我们不能期待比这更好的结果了,"其中一位专家说。护士们纷纷过来向我祝贺,我自然是万分欣喜,但也不无忧虑。那么多次打击让我至今心有余悸,我害怕哪一天还有肿瘤会冒出来。

到了第 60 天左右,我突然感到身上有一块地方奇痒难忍,很快全身都痒了起来。"怕什么来什么!"我想。新的免疫细胞在攻击我的身体。几天后,我在吃了一根香蕉后疼痛比平时加剧了一倍,痛感一直向下传到小腹。我很害怕,但是医生们很有信心,对我说:"你的情况还好,癌细胞正在消亡。"

接受细胞移植后的第 100 天,哈尔沃森教授向我们宣布了一个重大消息:"癌细胞已经完全没有了活动迹象。"他说。听到医生这句话我再也控制不住自己的情绪,我笑着、哭着,然后又是笑。"上帝,我们成功了。"我说。我们给所有能想到的人都打了电话,请他们一起出去吃饭。过去的几个月都是在听坏消息和苦苦挣扎中度过的,现在的我竟然有些不知所措,那感觉就好像是一位救生员把你从沼泽中拉了上来，你站在坚实的土地上，眨着眼看着眼前的美景，而刚刚发生过的那一切已经恍如隔世一般。哈尔沃森教授后来告诉我，我是他见过的情况变化最富戏剧性的一个病例。

我开始逐渐找回了我自己。或者，我是不是应该说，找到了一个新的、不同的自己？我感谢上帝，也感谢那些为我祈祷的朋友和陌生人。另一方面，我有一种胜利的快感："癌症，我制伏了你，我将活到 100 岁！"我遇到过的很多癌症病人都在和疾病做着艰苦的斗争，我没有让这些吓倒自己，我没有在一张假设的死亡证书面前束手投降。

相反，我享受到了生活带给我的幸福，生命是我最为宝贵的礼物，一件如果不是众人和我共同努力也许早就会失去的礼物，一件将永远让我幸福、时刻心存感恩的礼物。

没有什么可以马上夺去你的生命，除非你自己放弃。哪怕是绝症，也存在足够的时间让你喘息调整，并重新找回自己。奇迹也只发生在那些乐观的人身上。

放低自己才能胜出自己

石顺江

无论在什么时候，永远不要以为自己已知道了一切。

——巴甫洛夫

小宇大学毕业后，进了一家大公司实习，能留在这家公司上班是他的最大愿望。可是，他却被安排到了公司文印室工作，整天不是做表格就是复印资料。

没干满一个星期，小宇就满腹牢骚。本想着名校毕业的大学生进公司，能分在一个重要的岗位上，既可锻炼自己，又能体现个人价值，可是事与愿违，他感觉有点大材小用。更让他厌弃手头这份工作的是，公司里有的人竟然喊他"表哥""印帝"，一种得不到别人认可的感觉从内心油然而生。每遇到同学和朋友，他就叫屈："这活儿，没有一点儿技术含量，重复枯燥的工作，是人都会做，烦死人了！"

同他一起分来实习的还有一位女生，名叫王霞。这"表妹"表现却很坦然，丝毫没有那种玉陷泥淖、误落尘网的感觉。每天总是把要求做的表格制作好打印出来，再按照所需的份数复印。一切完毕后，她就坐在那里盯着电脑屏幕。小宇心想："玩吧，玩吧，一点儿也不考虑自己的前途，真是一个对自己不负责任的丫头。"

三个月的实习期满，也到了决定留用还是走人的关头。小宇对自己留

在这家公司的胜算，几乎没有。当公司人事主管宣布留用人员名单的时候，他却惊讶了，王霞竟然是第一位被留用的，而且被任命为办公室副主任！此时的他甚至有些愤怒，虽然自己内心曾牢骚满腹，可还是按时完成了交给自己的工作任务。她一个整天只知道玩电脑的实习生竟然被提升到如此重要的位置，自己却要立马走人，太不公平了！

不甘心的他找到公司老板要问个明白，在办公室里，老板打开电脑，向小宇展示了几十张PPT。

原来，这是王霞实习期间对公司每天打印纸的用纸总量进行的统计，她把它们作成了一页页PPT。一个星期五天里的打印量分布是不一样的：星期一用了 462 张纸、星期二用了 543 张、星期三用了 786 张、星期四用了 400 张、星期五用了 573 张，由于每天的用纸量不同，有时高有时低，会出现一个小的波动。然后，下一周再做一次统计时，王霞发现这个波动基本上是一致的，从而知道了总的用纸量。

接下来，王霞又统计出每天的打印纸中间有多少张是起草文件，有多少张是正式文件，做出了第二页PPT——一个比例图，就是第一天中有多少比例是起草文件，有多少比例是打印正式文件，这样就可以看到用纸来源的一个构成。

完成构成以后，她又计算出：如果把所有的起草文件都用双面打印，平均可以减少多少成本，最后计算出一个总的节约成本。

小宇眼中的丫头整天"玩电脑"，原来玩的却是这个！

老板对小宇说："一位实习生能把打印、复印这件事情搞得这样清晰透明,有信息有数据,同时也有解决方案,而且能够做出投入产出评估。能够把这件小事管理成这个水平,给我的第一反应就是她将来能够当办公室主任!"小宇听后满脸通红,自叹不如,心悦诚服地走出了老板办公室。

初涉职场,如果把激情湮没在琐碎的牢骚中,无论你的学历背景多么耀眼,也得不到上司的认可。手头的事情在你眼中不管是多么的平凡和简单,把平凡的事做好,就是不平凡;把简单的事做好,就是不简单。犹如王霞,把打印纸管理到极致,最终让自己脱颖而出。把自己放低,把手头的事情做好、做出极致才是胜出的王道。

　　低头把做好每件的小事作为目标,成为习惯后,你就会发现自己越来越优秀了。

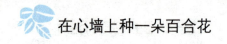

"死"了五万次的人

汤小小

要从容地着手去做一件事,但一旦开始,就要坚持到底。

——比阿斯

15岁时,他初涉影视圈,很幸运地得到了一次出演的机会,饰演一个被武士一刀劈死的坏蛋,只有几秒钟的镜头。

为了这几秒钟的镜头,他把剧本从头到尾看了一遍,虽然自己饰演的角色只被编剧一笔带过,但他还是根据剧情,琢磨出这个人物的性格和武士打斗时的心态,根据这些,再推理出被杀死时的表情和动作。

因为准备充分,这个镜头一次就拍摄成功,这给了他极大的鼓励。也因为这次的成功,让导演记住了他,以后再有这样的角色,就会第一个找到他。

这样,他又得到了几次出演的机会,虽然每一次呈现给观众的都是被杀死时的几秒钟,但他每一次都不敢有丝毫马虎,剧情不同,人物不同,死时的状态当然也应该不同。每一次,他都认真看剧本,根据当时的情景,设计出不同的死亡方式,有时是翻白眼,有时是慢慢跪下,有时是狂喊大叫,有时是吐血而亡。

他自创的神态各异的死法,吸引了很多导演和演员的注意,慢慢地,找他拍戏的人越来越多,每一次,都是扮演被杀的角色。

随着"死亡"次数的增加,他慢慢有了一些知名度,很多人劝他,不能光演那种无足轻重的角色了,应该尝试转型,要求导演加戏,争取多露会儿脸,从几秒钟到几分钟,再到重要的配角,最后做主角。

他却摇摇头,人人都去做主角,坏蛋谁来演呢?演好坏蛋也是一门学问啊,演得好,就能衬托主角的英勇,提升整部戏的品质。

别的演员有接不到戏的时候,他却平均每天都要跑三个剧组,这么忙碌,又演得轻车熟路了,按说,他只要往镜头前一站,随便做个死亡的动作,几秒钟,就能拿到劳务费走人了,可是,他却对每一个角色都不肯马虎,总是不断地创造出新的死法。

除了那些传统的死法,他发明了虾米式死法,把身体弯成一只虾,一伸一缩,不停地抽搐,还发明了搞笑怪诞式死法,在倒下的瞬间,做一些搞笑怪诞的表情和动作。

这样的角色,他一演就是五十年,算起来,他在屏幕上总共"死"了五万多次。而这五万次的"死亡",把他锻造成一个顶级的特技演员,得到观众的喜爱,得到同事的尊重,得到导演的称赞。

他的名字叫福本生三,在光怪陆离的娱乐圈,因饰演被杀的角色而成为知名演员,以最无足轻重的角色而赢得尊重,不能不说,这是一个奇迹。

而创造这个奇迹的,就是五十年如一日的坚持,是认真对待每一个角色的职业操守。无论多么微小的事情,只要认真坚持去做,就会创造奇迹。

追梦路上,坎坷丛生。会有很多的迷茫,未来遥遥无期,不知道该去往哪里。既然不知道去往哪里,那我们不如就过好每一天,其实,根本没有什么所谓的更好的路,你选择的那一条,只要坚持走,就是最好的路。好多年以后迷茫的人依旧迷茫,可你已经脱胎换骨。所以,你只要做好自己,其他的上天自有安排。

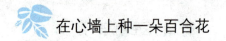
"高四",泪流成歌

罗光太

青春是美妙的,挥霍青春就是犯罪。

——萧伯纳

1

我没想到会在高考时败得那么惨,我的状态很好,还以为自己考得不错,但分数出来时,我却是欲哭无泪。看着身边那些考得好的同学,看着他们灿笑如花的脸,我真希望把他们扔到撒哈拉沙漠去,或是自己挖个地洞躲起来。

我木然地坐在床上,望着洁白的墙,头脑一片空白。我想不明白,为什么只有520分?和我自己的估分相距遥遥。而那些原本成绩和我差不多的同学都考到了600多分。我怀疑会不会是分数弄错了?或者只是一个同名同姓的另一个人的分数,种种假设,我骗不了自己,准考证上的号码我能倒背如流,又怎么可能是看错分数?

我一天一夜没吃饭，连门也没出，绝望得就想结束此生。见我如此消沉，在劝了几次无效后，父亲终于动怒了。他情绪激动地骂我，说我不争气，问我这样要死要活的做给谁看。而我心里堵得慌，口不择言地和他吵了起来，跑出家时还扬言再也不回来了。

我跳上一辆公交车，在城市另一边的终点站下了车。没有目的地，我只想离开家，不想看见熟悉的人。游荡一阵后，我逛进了附近的网吧，那里于我是个安静的港湾。直到第二天早上，口袋里的钱所剩无几，而人也昏昏欲睡时，我才恍恍惚惚地离开网吧。

回到家，家门紧锁。在我一遍遍敲门时，邻居的阿姨出来，一看见我就惊讶地问："孩子，你跑哪儿去了？现在才回来。还不赶快去人民医院，你父亲昨晚上到处找你，出车祸了……"没听她说完，我就往医院跑去。

到医院时，我遇到了从老家赶来的二叔，他带着我找到了焦急地等在手术室外的母亲。我低低地叫了一声"妈"，母亲转过头冷冷地盯着我，满眼的无助，满脸的泪水。母亲挥手打了我一记耳光。

经过6个小时的抢救，父亲的命是捡回来了，但他永远失去了左小腿。后来，小姑告诉我，父亲看我半夜还没回家，打我的手机又关机，于是慌乱地四处寻找，担心我想不开去做傻事。他骑着摩托车满城地找我，凌晨，在街上的拐弯处撞上了一辆早起载菜的农用车……

那段日子里，我担起了照顾父亲的责任。但无论怎么做，都无法减轻我内心对父亲的愧疚。一夜长大，说的大概就是我这样的孩子，我终于明白父母比我想象的还要爱我。

2

8月份时，大家陆续收到了大学录取通知书。我没有填报志愿，母亲要我回去复读。我本是成绩不错的学生，还是校学生会的宣传部部长，如果现在以一名"复读生"的身份回去，颜面何存？我只希望能早点出去打工，18岁的我要为父母分担些压力。因为肇事司机跑了。由于当时天还没亮，没有目击者，而父亲被车撞时又没看清车牌号码，所有的医疗费用就得自己支付。家里经济拮据，我不想再让父母因为我发愁。就算下一次考上大学，大笔的学费从何而来呢？

见我态度强硬，母亲一直抹着泪水。一天，考上大学的同学举办"谢师宴"，他们也特意过来请我。我把他们拒之门外，心里的痛无法言说。站在阁楼的窗前，望着昔日同学远去的背影，我默默流泪。我曾经那么骄傲，现在却是别人茶余饭后的谈资笑料了。

还在住院的父亲知道我拒绝复读时，状态刚好点的他气得要一把扯掉身上的输液管，说："这就是你对我的回报？"那忧伤的眼眸刺得我心疼。我站在父亲的面前，低着头。看着他空荡荡的左小腿裤管，眼中噙着泪。

"如果你执意不回去复读，我也不治了，一家人回去等死。"父亲下了最后通牒。"小磊，你真的要逼死你父亲吗？你好好回去复读，砸锅卖铁我们也会供你的，你有能力读出个名堂来……"母亲哽咽道，眼睛望着我，父亲也看着我。我抬起头，又垂下，脑海中倏地浮现出高考前我在全校大会上代表毕业班学生作报告的场面。学校里每个人都认识我，一个别人眼中所谓的"优秀生"，居然成了"高四"学生，我实在不敢想下去……

"我知道你会难为情,可就不能从头再来吗？有的人考了几年才考上,你为什么就不可以再试一次,多给自己一次机会呢？"父亲态度缓和下来。看着父母乞求的眼神,我咬着牙,重重地点了点头:"我接受你们的安排。"

高考失利,责任在我,怎么可以让我的父母替我背上沉重的包袱呢？内心深处,我又如何割舍得下我的大学梦？所谓的"面子"都是自己替自己挣的,别人怎么看终究是别人的事,和我的人生无关。我下定决心,回校复读,开始我的"高四"生涯。

3

我回校复读的消息像风一样传了出去,很多老同学都发来短信鼓励我,说他们在大学校园里等着我。

熟悉的校园里,我已经是一个"高四"生了。面对别人或热情或故意的询问,我一概不予理睬。曾经光芒四射的学生会宣传部部长,现在只是一个"高四"生。异样的目光如芒在背,我努力坦然面对。

学校安排我插班复读。当我第一天进到我复读的班级时,遇见了一个我实在不想在这种情况下遇见的人——程樱。她曾是学生会的宣传部副部长,原来我们经常配合完成学校安排的工作,算得上是合作默契的工作伙伴。

如果我们仅仅只是这样一种工作关系,我是不会在她面前难堪的,更重要的是,程樱曾经喜欢过我。她给我递纸条,邀我出去玩,甚至曾勇敢地当面向我表白。而我对她没有

这层意思，而且当时面临高考，我冷漠地拒绝了她。我对她说："我是要考大学的，到清华来找我吧！"我的拒绝不算生硬，却同样伤透了她的心，她是一个"有仇必报"的小辣椒型女生，被我拒绝后，面子上过不去，就辞去了学生会的工作。她当时还曾扬言，会恨我一辈子。

程樱看见我时，惊讶得像大白天遇见了鬼一样。或许吧，在高中校园里再看见我，对于她无异于大白天见鬼。连我自己都不相信，我会没考上大学，会回来复读，更何况别人呢。

"小磊？你……"程樱连话也说不利索了。我怔怔地看着她，做好了接受她暴风骤雨般地打击和讽刺的准备。只是出乎我的意料，程樱没有对我冷嘲热讽，目光中反而满是怜惜和疼痛。此时的我讨厌她这样的目光，让我觉得自己很可怜，甚至于可悲。

"小磊……"程樱轻唤我，我装作没听见，掏出书本，认真学习起来。对她的热情和友善，我没有感动，只有决绝，希望她不要再来打扰我，我不需要安慰，只想安静地度过"高四"的时光。

4

我全身心地投入到学习中，唯有如此，才能让自己平静下来。我的成绩本来就不错，再复读一年，每次考试都能排在年级前几名。面对别人羡慕的目光，我一点欣喜也没有，我知道，在高考考场上笑到最后的人才是赢家。

日子平静如水，我包裹着自己，艰难前行。

我以为自己可以把程樱抛在记忆之外，以为我们之间再也不会有交集。但有时候越想逃避，却越躲不开。

那天晚自习，我来到教室时，程樱在和别人吵架，反正不关我什么事，我径直走到座位上看起书来。见我进去，大家都把目光投向我。我好奇地抬起头，心想，为什么大家都用奇怪的目光看我？我没觉得有什么不对劲的地方，又捧起书本看起来。

"程樱，你以为他会喜欢你吗？他连看都不想看你一眼，自作多情，我说他两句怎么了？不就一个复读生嘛！"那个女生刻薄地大声嚷道。"他不看我碍着你了？我就不允许你说他的坏话。"程樱也不甘示弱。

这些话灌入我的耳朵里时，我惊呆了，原来她们是因为我在吵架。

吵着吵着，程樱气不过，居然冲过去打了那女生一记耳光。那女生也挥舞着手臂扯住程樱的头发，两人扭打成一团。有的同学开始在边上起哄，整个教室乱成了一锅粥。老师来时，那女生还骂骂咧咧："程樱，我跟你没完，我们的姐妹到头了。为了一个复读生，你居然敢打我。"程樱红着脸，不吭声了。

我突然注意到那个女生原来是程樱的一个好朋友。之前，我拒绝程樱时，她也在场。顿时，我的心又乱成了一团麻。我知道自己不能当作什么都不曾发生一样，想找程樱谈一谈，但又无法开口。犹豫良久，我给程樱写了一封信。

我告诉她，希望她能把高考放在目前的第一位。同时，我感谢她对我的维护，但也提醒她，有这一次就够了。她的成绩不错，正常发挥能考上好学校。高考失利那种欲哭无泪的痛楚，我不希望她也经历。这是我唯一能为程樱做的。

5

再次面对高考，我没有了最初的激情和狂热，也没有伟大的憧憬，只想踏踏实实地过好每一天，认真完成老师布置的复习任务。父母期盼的眼神就像我心中的一盏灯,时刻提醒着我:一定要考上理想中的大学。

天道酬勤,上天还是眷顾了我这个勤奋的"高四"生。再次高考,我终于考到了全市第三名的优异成绩。知道高考分数的那个晚上,父母喝醉了,抱着我笑着流泪。我心里知道,这一年的时光,于我、于父母都一样是种煎熬。

夜深时,我依旧坐在阁楼的窗前,望着窗外那轮明月,思绪万千。月光如水,空气中夹杂着夜来香浓郁的芬芳,远处时不时传来缥缈的歌声。这个温馨的月夜,我泪流成歌。

每个人都有歇斯底里的时候,我想是这样。对于每一个经历过"高四"的人来说,那段岁月更像是一次蛰伏后的重生。

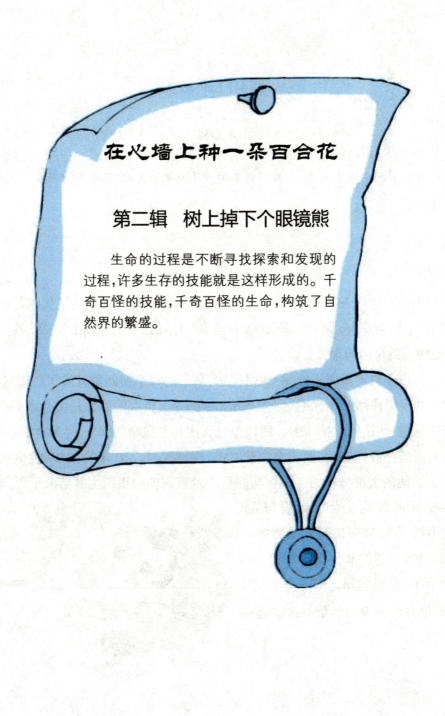

在心墙上种一朵百合花

第二辑　树上掉下个眼镜熊

生命的过程是不断寻找探索和发现的过程，许多生存的技能就是这样形成的。千奇百怪的技能，千奇百怪的生命，构筑了自然界的繁盛。

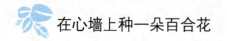
光明来自内心

庞启帆

我们曾经为欢乐而斗争,我们将要为欢乐而死。因此,悲哀永远不要同我们的名字连在一起。

——伏契克

时间是中午,格林威治的一座乡村寓所里,摄影师约翰·达格代尔正在给我拍照。他歪着头,身体向前微倾,一丝不苟地捕捉我的侧面的影像。我坐在离他约三英尺远的地方。

这座乡村寓所属于约翰·达格代尔,寓所的每个房间都挂满了约翰·达格代尔的摄影作品。而你绝对无法相信,这些令人赞叹的照片是由几乎完全失明的约翰·达格代尔拍摄的。约翰得过五次几乎致命的肺炎、弓形体病(脑感染)、周边神经病、卡波西氏肉瘤和 CMV 视网膜炎。10 年前,CMV 视网膜炎夺去了他的大部分视力。医生与同行一致宣判他的摄影生涯结束了。但这并没有把约翰击倒。他发誓要成为世界上第一位盲人摄影家。

然而,这并非易事。那是一个下午,在纽约州北部的一个农场,他在失去视力后第一次拿起相机。

"当时我站在牧场外，试图拍摄一张照片。我借用一个放大镜，奋力调整焦距。"约翰告诉我，"但我不停地绊倒了三脚架，并且每次我就要准备好的时候，光影就发生了变化。我不得不重新再来。这让我感到从未有过的沮丧、伤心和失望。"

太阳下山的时候，约翰跌坐在草地上，脸埋进草丛里，开始轻声哭泣。草屑、泥土粘满了他的嘴巴、眼睛，那一刻他真想就地挖一个坑把自己埋了算了。约翰的朋友目睹了这一切。他把约翰抱进屋里，把他放在沙发上，像对待一个孩子一样把他揽进他的臂弯，然后说："放声哭吧。"约翰靠在朋友的肩膀上，号啕大哭起来。最后，哭干了眼泪的约翰叫朋友帮他拿来一部相机。拿到相机后，约翰重新靠在朋友身上，然后猛地按下快门。这张照片创造了一种意想不到的美，约翰给它起名为《人类起源》。

这张震撼人心的照片完全不同于约翰以前作品的风格，但它成为了约翰不久后举办的个人摄影展的焦点，使他从业余摄影师的身份迅速跻身世界级艺术家的行列。从那时候起，他独特的氰版照相法使他赢得了与维多利亚时代的摄影大师朱莉娅·玛格丽特·卡梅伦夫人相等的声誉，并且接到了世界各地的收藏家和博物馆的邀请。迄今为止，约翰·达格代尔已经举办了38次国际性的个人摄影展。但他笑称："我最好的作品还没有诞生。"

在黑暗中追求美的瞬间，在混沌中创造艺术的盛宴，使得这个出色的男人获得了恢复心灵健康的回程车票。"生活就是学会接受某些难以接受的事情，然后使它最终变成对你有意义的事情。"约翰说，"如果你一味地逃避它，它只会毁了你。如果你不断纠缠于为什么会这样，你就会完全迷失自己，你的一生将不会再拥有美好的时光。"

　　一旦我们能正视我们的磨难,改变的机会就会降临在我们的身上。"这就像核能,如果使用得当,就能造福人类。"约翰说,"磨难也一样,它是我们人生经历的一场大火,你要么冶炼成金,要么化为灰烬。"

　　我是一名记者,约翰是一名摄影大师,在开始我们的访谈之前,应我的要求,约翰给我拍了一组照片。所以,就有了文章开头的那一幕。

　　毫无疑问,今天的约翰·达格代尔在思想方面已经得到了极大的升华,这种升华比他的视力更加珍贵。在采访即将结束的时候,约翰对我说了这段话:"光明来自内心,眼光和视力是两码事。有时候我想,如果上帝突然从天而降,对我说可以恢复我的视力,但我必须忘掉我已经领悟的一切,那我宁愿放弃我的视力。"

　　我被深深地震撼了。我想,我永远也不会忘记这段话。

　　是啊,眼光和视力是两码事。有些人虽然眼盲,可是心是透彻的、光明的;有些人视力极好,心却瞎了。

十八岁的打工

冠豸

1

那年,我十八岁,高中毕业,成绩不好,没考上大学。对于我这种乡下高中出来的毕业生,没考上大学是正常的,毕竟当时我们学校每年仅能考上几名大学生。我成绩一般,没考上大学我一点都不难过,但我的农民父母却不能接受。

班主任建议母亲让我回去复读一年。但我就想着出去打工,外面精彩的世界让我神往。邻居奎子回来探望生病的奶奶时,我就整天往他家跑。奎子是我小学同学,初中没念完,他就偷偷跟着村里的打工人群外出了。这些年来,他每隔两个月都会往家里寄钱。我很羡慕他。十八岁了,真不忍心看着父母每日早出晚归的操劳。奎子有些犹豫地说:"你真的不想读书啦?可别后悔哟!出门打工很艰苦的。""我知道,你能吃的苦我也能吃。"我平静地回答他。奎子没再推诿,答应两天后让我跟他一起去福建泉州。

2

天刚露出鱼肚白时,在父母殷殷的叮嘱声中,我挥手告别了家人。汽车扬尘而去的刹那,我是亢奋的,内心里洋溢着燃烧般的激情。这是十八年来,我第一次远行。

经过十几个小时的颠波，汽车在傍晚进入泉州市区。当我睁开惺忪的睡眼时，眼前是一片浮光跃金的海湾，海湾里搁浅着几艘古老的大船，还有数不尽的小船，虽然锈迹斑斑，但在晚霞的渲染下，却也闪烁着耀眼的光芒。内海的缘故吧，感觉不到海的浩瀚，停泊着的船只有些落寞。车一转弯，迎面而来的是鳞次栉比的高楼。昏黄的街灯下，汽车、行人，把街道挤得水泄不通，喧闹声、喇叭声不绝于耳。

走出车站，眼前只有人和汽车，分不清东南西北了，我紧紧抓着奎子的衣角，怕一转身就走丢。"热闹吧，城市就是不一样，车来车往，霓虹闪烁。"奎子说。"嗯！怪不得人人都想出来打工。"我附合着说。"城市是富人的天堂。这些天你可以先住我那儿，明早我出工后，你自己到市区看看，有没有招工的，如果找不到事干，可以先在我们工地做着，有合适的再换……"奎子一本正经的说。我忙点头，一脸感激，在这陌生的城市，奎子是我唯一的依靠。

我买了一张泉州市区图，在奎子上工后，一个人跑到城里。我一边熟悉这个城市，一边找工作。奎子干活的工地离市区很远，在心底里我并不喜欢那个尘土飞扬的工地。坐在公交车上，随着车子的开开停停，我宛若一尾游荡在城市的鱼。

跑了三天，我居然连一份有用的招工信息都没有看到，颓然回到奎子住的工棚，仰面躺下，我疲惫得说不出话来，心里却盘算着先在工地做一段时间再说。口袋带的钱不多，而且还是父母卖了几只鸡还有两大筐莲藕所得，我不能随便花掉。奎子说了，工地的工资不是很高，但每个月可以结一次，相比其他地方还算不错了。

我把自己的想法告诉奎子时，他一口答应马上带我去找工头相叔。因为农忙时期,工地缺人,相叔看了看我的个头儿,爽快地答应了,还因为我上过高中,他特别照顾我去仓库管理材料。

3

第二天,我就和奎子一起上工了。奎子是泥水工,很辛苦,他每天都得戴着安全帽站在高高的脚手架上砌砖。别看奎子年纪不大,但已经出师两年,完全可以独立了。

材料库在工地的最左边工棚里,很宽敞也很杂乱,里面堆放着各类型号的钢筋、推车,还有豆腐干似的大堆水泥。材料库原来是工头的弟弟在管,我接手后,想当面和他一起把物品点清楚。找过他几次,他却一次次推说没时间。我估计这里面可能有问题,于是在相叔来巡察工地时,我和他说起了这件事。相叔思忖片刻,让我着手把物品先清点一下,傍晚把单据交给他。

晌午时分,工头弟弟骑着摩托车从外面回来,看我忙着清点物品,有些恼怒地骂:"谁让你清点的?你是不是吃饱了撑的?"我没理他,初来乍到,我可不想替别人背黑锅,这材料库一定得清点,要不,我宁愿到脚手架上挑砖块。见我没理他,相叔的弟弟怒气冲冲地跑进来,他使劲地推了我一把,没防备,一个趔趄,我一头撞到推车手把,额头上碰出了血。"你干吗?"我叫嚷起来。年轻气盛,我站起来后,也趁他不备时一下把他掀翻在地,还在他头上猛揍了两拳。

工友们跑进来拖开我们时,我和相叔的弟弟都挂了彩。我额头上的血流了一脸,他也浑身血迹斑斑。我清点出来的单据早被他撕烂。奎子从高高的脚手架上下来时,我已经在相叔的办公室。

"我猜想这材料库可能有问题,想盘点清楚,他百般阻拦,刚才见我已经在清点后就进来打我……"我如实说。他耷拉着脑袋,手捂着伤口,一直没说话。我瞥了一眼相叔,他一脸凝重,抽着闷烟。我突然想到他们是亲兄弟,想到了他的为难,于是说:"我想,我还是走吧!那材料库你自己清点一下。"我留了台阶给相叔下。聪明的他一下就明白，没有挽留我，只是算足了一个月的工资给我，让我休息几天再去找其他工作。

在伤口愈合前，我幸运地在园中园酒店找了份服务生的工作。我想我应该自己独立，既然出门打工就得自己面对。

只和奎子一个人告别，我离开了仅待了十二天的工地。望着高高的脚手架，我默默离开，心里没有喜悦也没有忧伤。

4

酒店的制度很严，开始的半个月里，我每天和一群新招聘的服务生一起练习托盘、微笑、走路，很无趣的几个动作一直重复。对着镜子微笑，笑得脸部肌肉都抽搐，托盘更累，开始几天，手腕酸得不会端碗吃饭。

正式上岗后，倒也游刃有余，还别说，真得感谢那半个月的强化训练，站姿、坐相、走路颇有几分专业人员的味道。穿上西裤、皮鞋，套上白衬衫、打上领结，再配上那套绛紫色的马夹，连我自己都感觉有几分帅气了。

一天晚上，相叔和奎子一起来找我。奎子说，相叔的妹妹新开了一家酒店，正想找一个大堂经理，他想请我去。

我奇怪地望着相叔。相叔微笑着点头，说："你愿意去吗？"我突然就想起他的弟弟，说："不大好吧，你弟弟不会欢迎我的。""呵呵，你还记得那臭小子，没事，这是我妹妹的酒店，和他无关，当我妹妹问我有没有适合的人选当酒店大堂经理时，我第一个想到的人就是你。"

"为什么是我？"我好奇地反问。

"你做事很认真，有原则，而且待人不卑不亢，是做大堂经理的最佳人选。"相叔说。从他的目光中，我看到了真诚的邀请，于是想了想，说："那要给我一点时间，我得先跟老板说说，辞去这边的工作再过去。"

相叔肯定地点头。他离开后，奎子留下来。奎子说："小杰，相叔很欣赏你，好好干，你比我有出息。"我笑着，很感激奎子把我带出来。

奎子还告诉我,相叔把他弟弟开除了,现在在一家工厂做鞋子,那次我离开后,相叔亲自清点了材料库,真是不查不知道,一查吓一跳,他弟弟居然背着相叔偷卖了不少钢材和水泥。相叔当时很后悔让你走,他说,你办事他放心。

5

后来的事情发生得很突然,连我自己都始料不及,有点像电影里的"天降大喜"。

在我向酒店递交辞呈那天中午,我接到了父亲从老家打来的电话。他告诉我一个喜讯———一所中专学校录取了我,离报名时间还有半个月,要我赶快回去准备准备。

我出门打工已经有两个月时间了,我没想到居然会有一纸通知书寄给我,让我继续读书。虽然只是一所普通中专,但我还是充满喜悦。能继续读书,谁会愿意去打工呢?

我匆匆打点好行囊,当天下午就跑去找相叔。在工地,我遇见了奎子,他说,相叔不在。我把我的喜讯告诉了奎子。奎子说他要好好为我庆贺一下。我欣然接受。

第二天上午,我还是没有等到相叔,只好给他留下一封信。我说明了我离开的原因,并且感谢他在这个陌生城市里给予过我的帮助,他曾经对我的认可我会谨记在心里。

离开泉州时,我无限深情地回望着这个繁华的港口城市。汽车在飞速地行驶,上高速路时,我再一次看见了那片蔚蓝的海湾,晌午的阳光下,浮光跃金,鸥鸟翻飞。

年轻的时候,总是天真地认为外面真好,所以一心想去外面。后来发现,现实真的很残酷。

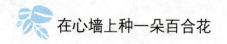

有缺点别掩饰

周月霞

毫无缺点的人显然是不存在的，因为他无法在这个世界上找到一个朋友，他似乎属于完全不同的物种。

——赫兹里特

从某电视相亲节目上看到了这么一个情景，有个中年男人走上舞台后，三十位佳丽倒吸一口凉气。原来此人是个秃顶。男人却淡定自若，侃侃而谈。他说他的事业做得如火如荼，却因为秃顶这个缺点，导致到现在还没有找到人生的真爱。

台上静寂了很久。经过几番深思熟虑后，居然有三位美女为其最终留灯！秃顶男人做完最后选择，幸福地牵起一个心仪女孩的手后，变魔术似的从兜里掏出一顶假发，转瞬之间，形象猥琐的秃顶中年男人变成了一个风度翩翩的帅气小伙儿！

人们如雷的祝福掌声过后，男人说："我这些年致力研究的就是假发！我的假发销售公司在全国三分之二的城市有连锁！"

男人激动地继续说："经过这次牵手成功，我要大声告诉朋友们，有缺点别掩饰，及早暴露也不错！"

原来，男人曾有过无数次电视中、现实里的相亲。以前都是男人先戴着假发跟女友见面，不想，一旦脱下假发，女友们就纷纷逃之夭夭，避而远之，男人痛定思痛，决定改变初次见面的方式。

这次相亲，男人不戴假发上场，把自己最真实的一面呈现给大家，居然遇到了心灵纯净、不以貌取人的好女孩,终于牵手成功!

　　交际中,人的劣根性使得一旦发现被掩饰的缺点,就再也看不到优点的存在。掩饰缺点不如勇于展现、及早暴露。大家也都明白金无足赤,人无完人的道理。有缺点的人都能充分利用自己的好强、积极进取去拼搏,设法弥补自己的缺点。勇于改正,你就是生活的智者、强者,终将拥有爱情、事业双赢的幸福人生!

　　金无足赤,人无完人。敢于直面自己的缺点,既是自信,也是敢于担当的表现。敢于直面错误,你会一次比一次稳健,一次比一次优秀!

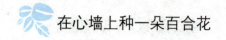

你与成功的距离

小刚

世有伯乐，然后有千里马。千里马常有，而伯乐不常有。

——韩愈

玛格丽特·米歇尔的著名小说《飘》一经出版，立即风靡全世界。好莱坞制片人大卫·奥·塞尔兹尼克计划将它搬上银幕。他首先找到米歇尔协商，最终以5万美元的价格买下了这部作品的拍摄权，然后组织18位编剧对这个剧本进行改编，在基本保持原著的深度和韵味的基础上，经数次修改打磨，最后由著名作家西德尼·霍华德将这部小说修改定稿成电影剧本，最后依托美国米高梅影片公司开始筹组拍摄。

首先开始的是角色选定。为了找到称心的演员，导演组开足马力进行宣传，各路明星得到信息后也是争抢进入剧组，他们相信这部巨著能风靡全世界，这部影片也必然会引起世界轰动。几轮选拔后，其他角色都已选定，唯独女主角斯佳丽的演员迟迟找不到。当时，在好莱坞乃至世界影坛颇有声誉的大明星凯瑟琳·赫本、苔蒂·黛维丝、琼·芳登、琼·克劳馥都纷纷向塞尔兹尼克递交了自己的简历，并用尽所有办法进行最后攻关，希望能够得到这一角色，可不知为什么，这些演员无论做怎样的努力，塞尔兹尼克一直都不太满意，开机拍摄时间往后拖了两个多月了。

一位叫费雯·丽的演员，当时在好莱坞还是跑龙套的，名不见经传，但她很想演这个角色。一天，她鼓足勇气，用了半天的时间化了妆，租了一套衣服，其他什么也没有带，直接找到了塞尔兹尼克。没想到，还没等费雯·丽说出自己的来意，塞尔兹尼克一见到她，不禁失声叫出来："噢，天哪！你就是斯佳丽！"只见她戴着宽边黑帽，深邃的眼睛闪射出绿宝石般的光芒，黑色的衣衫紧紧裹着窈窕的身躯。塞尔兹尼克兴奋极了，对同事们大呼："她就是我梦寐以求的斯佳丽！"在看了费雯·丽试拍的样片后，他更加兴奋异常，一个午后，他正式召开开机新闻发布会，并特意强调：有了费雯·丽出演斯佳丽，他对这部影片的成功胸有成竹。

剧组所有人都在惊诧，费雯·丽没有名望，更没有攻关，为何能击败那么多好莱坞大牌而成功上位。还是费雯·丽给出了答案，她说，截至她来剧组前，在两个多月的时间里，她夜以继日将小说《飘》整整看了近30遍，每天都在琢磨斯佳丽的形象，从她的一颦一笑，穿着打扮，再到生活习惯，甚至她睡觉的形态都装在她的脑海里。来剧组应征时，她完全以剧中斯佳丽的形象出现在塞尔兹尼克面前，她是直接进入了角色，从衣服到言谈举止，到她的眼神……这就是塞尔兹尼克录用她的原因。

这部影片后来定名为《乱世佳人》，公映后立刻轰动了全美国和整个大洋彼岸。费雯·丽当仁不让地获得了那一年影坛重要奖项评选的最佳女主角奖，从此进入世界巨星行列。她的成功也告诉我们，把握机遇靠的是真情投入和真心付出，谁为之奋斗谁就离成功最近。

机会都是留给有准备的人的。在机遇来临之前，你只需要做好你自己，其他的，就等命运安排了。可是，如果没有前面的努力，即使机遇来临，又能怎样呢？

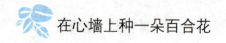

把"傲"字倒过来写

琼雨海

慷慨,尤其是还有谦虚,就会使人赢得好感。

—— 歌德

最近,北京一家贴着"硕士粉,良心粉"的米粉店火了,店主还接到了湖南卫视《天天向上》栏目的邀请,有人甚至从天津特意赶来,就是为了一品米粉味道。而这家店的店主,就是"90后"的小伙子张天一。

张天一是北大法学院毕业的硕士生,起初他也像大多数毕业生一样到处寻找工作,还曾经走上求职类节目《非你莫属》的舞台。那时的他,挥斥方遒,面对老板们的提问侃侃而谈,却也同时给人留下了心高气傲,不切实际的印象,自然没有找到适合的工作。

这次求职,对张天一的触动很大,一向自信的他,因为这次求职的失败,对自己的事业也有了重新的规划。既然说我"傲",那么我就把"傲"字倒过来写给你看。

张天一回到了常德老家,打算从当地的著名小吃"米粉"入手。几天里,他踏破铁鞋,终于找到了一家既好吃又愿意传授他米粉技艺的店铺。后来,他打趣说:"为了找到最好吃的米粉,那时候我天天吃米粉,一天一顿是享受,一天十顿就是煎熬了。"

回到北京准备创业的两个月里,为店面选址、筹资金、组团队……张天一忙的不亦乐乎。在找到同样的三个"90后"男孩作为合伙人之后,米粉店事无巨细都由他们一起负责。每天早上7点来到店里,晚上10点关门回家,一切工作他们都身体力行,就连最初店面的装修设计也是其中一位合伙人亲自操刀。

功夫不负有心人,米粉店终于在四个小伙子的努力下正式开张了。一开始的时候,米粉店的买卖很是一般,一天最多的时候也只卖出 50 份米粉,在这个充满竞争的大都市,这点收入还要四个人分,是远远不够的。

那段日子里,小伙子们不免有些沮丧,可是每天打烊不管多累,他们都会坚持留在店里一起探讨米粉技艺,争取把米粉做得又卫生又好吃,让顾客满意。

俗话说,机会是留给有准备的人的。一个偶然的机会,北京某报的一名记者来到了米粉店,吃后对米粉赞不绝口。两天后,米粉店便以"硕士粉,良心粉"为题见报了。米粉店顿时人如潮汐,知名度也迅速扩散,有时候一天能卖出 400 多份,只有 19 个座位的小店在就餐高峰期愣是容纳了 30 人。后来,张天一和伙伴们为了米粉的质量不得不每日限量提供 120 份米粉,上午 70 份,下午 50 份,通常情况下,需要提前半天通过电话预约才能排上号。

在店里最忙的时候,张天一也一如往常地戴着蓝牙耳机接电话。他幽默地说,这样才能最大限度地解放双手,达到口、手、脚并用。他的手机每天会接到超过 100 个电话,除了预定米粉的顾客,还有半夜找他倾诉的陌生人,他们大多也是处在艰难时期的创业者。

有人不禁问,你现在已经获得了事业上的成功,为什么还接那么多电话,不是很浪费时间吗?

张天一一脸严肃地说,刚毕业的学生一开始找工作都是很迷茫的,不知道应该以什么样的姿态面对社会,就像当初的我,被人误解为很"傲",那我就把"傲"字倒过来写,从最不起眼的民间小吃做起。所以,我非常愿意向那些正在为如何在社会上立足而发愁的毕业生解答疑惑。

态度是一切行为的发令者。放低姿态,用谦虚谨慎的心去面对你的未来,你将学到许多珍贵的经验。

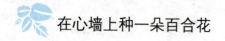

猪倌经历开启影帝之路

嵇振颉

劳动永远是人类生活的基础，是创造人类文化幸福的基础。

—— 马卡连柯

"我永远不会忘记那三年养猪的经历，它让我叩开通往演艺事业的大门。"接受记者采访时，他动情地说出这句话。

他提到的这段"养猪史"，就是在公社劳动的那几年。1976年高中刚毕业，他来到北京昌平县兴寿公社插队。因为个子看上去很瘦弱，公社大队长分配他去养猪——一个比下地劳动相对省力的活儿。从小出生在城市，他压根儿没有饲养大型家畜的经验。他虚心地跟老师傅从头学起，任劳任怨，从不叫苦叫累。做猪食、清理猪圈、给猪接生、为猪治病，他俨然成为一个地道的猪倌。每天，他用心和猪打交道，完全摸透了它们的脾性，积累了丰富的养猪经验。那些猪被他养得肥肥壮壮，社员们都对他交口称赞。

1979年，国内的演艺界人才青黄不接，迫切需要补充"新鲜血液"。为此，全国艺术院校纷纷贴出招生简章，欢迎各地的优秀青年踊跃报考。这一消息迅速传播，一时间文艺院校门口排起了报名的长龙。他也是招考大军中的一员，报考了中央实验话剧院。那时，他在表演上还是一个门外汉，就连基础概念都没有。复试时，他被考官要求捂住一个女生的眼睛，而这个女生表演"等待"。他傻傻地走上去，使劲地捂住了女生的眼睛。按理说，他应该再说些什么，辅以一些艺术化的肢体动作，这样才有更强的艺术感染力。他却不知其中的玄机，呆呆地杵在那里，一句话也不说。面对这个木讷的考生，坐成一排的考官连连摇头,在考分登记表上打了一个极低的分数。这么不会表演的考生,谁愿意要?

考试结果公布,一切似乎都在他的意料中。这天夜里,公社来人传来消息:就在他考试请假期间,养猪的活找别人临时代替。可是那人不太擅长养猪,也不很用心,猪身上的膘少了好几圈。这怎么行? 公社里的人都盼着他快点回来。

难道就这么轻易回去?因为考试不成功,回公社似乎是合情合理的选择。正当他收拾行囊准备起程时,另一个机遇却悄然而至。父亲的一个朋友来串门,说全总文工团正在招生,建议他再去试试。他马上改变了行程,并为即将到来的考试做着精心的准备。

考试的内容分三项,分别是朗诵、唱歌、演小品。前两项考试,他的表现得很一般。到了演小品的环节,他灵感闪现。他将三年养猪的经历,融进这个小品的情节中。他的表演不再是那么僵硬、刻板,每一个动作、每一句台词、每一个表情,都是自然而然的流露。因为他所表演的一切就是真实的生活。他的表演受到考官好评,终于考上全总文工团,从此正式踏上那条演艺的康庄大道。

多年打拼后,他回过头来看,这才发现自己的养猪生涯,仿佛就是为这次报考准备的。他依然清楚地记得这次成功的表演经历,尽管舞台上没有猪,可他的眼睛里有猪,他把这个场景、这个故事给演活了。

他就是葛优,近三年的猪倌生涯,成就了这个平民影帝的演艺之路。成功前,他就是一个不起眼的猪倌。他在平淡如水的生活中,为日后的表演事业做着铺垫。

不要认为平凡的生活是无用的,可以随意地挥霍。每时每刻的努力,也许就会为今后的成功埋下伏笔。

生活是一切艺术的源头,一个融入生活的人,才会发现生活的本质,这样即使后来演戏,其实也是在表达真正的生活。

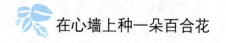

选择不是最重要的，努力才是

汤园林

拼着一切代价，奔你的前程。

——巴尔扎克

老同学聚会，酒过三巡，大家开始回忆往事。有人感叹："如果当初我选择出国留学，而不是毕业后就结婚，生活肯定风光无限，不会像现在这样碌碌无为。"

这番感叹，立即引起众人的共鸣，大家纷纷附和："如果当初我选择另外一个专业，肯定混得比现在好！""如果当初我留在北京，而不是回家乡小城，现在肯定也混成精英了！""如果当初我读研究生，而不是毕业后就工作，绝不会像现在这样升职无望！"

最后，大家的话题全部转移到了一个人身上："如果黄莺当初不选择辍学，一定是混得最好的，现在，也不知道她过得怎么样？"

黄莺是我们的高中同学，那时，她的成绩是全班最好的，最有希望考上名牌大学，可是，在高三的关键时期，她父亲得了重病，花光了家里所有的积蓄，还欠了外债。她不顾大家的劝阻，毅然选择退学打工，帮父母一起渡过难关。

我们这帮同学背起行李走进大学校园的时候，黄莺正灰头土脸地在一家小饭馆洗盘子，现在，我们对生活和工作尚且有诸多的不满，高中未毕业的黄莺，一定混得惨不忍睹吧？

半年后，在一次商务活动中，意外和黄莺重逢，时隔十年，我怎么也不敢相信，眼前这个神采奕奕的女子就是当初那个洗盘子的辍学女孩。现在的她，一身合体的职业装，脸上带着自信的笑容，谈笑间，轻松签下一笔又一笔大订单。

老同学重逢，自然要吃饭聊天。我对她的经历充满了好奇，而她也毫不隐瞒，将这些年的遭遇和盘托出。

当初辍学后，年龄小，又没文凭没技术，根本找不到合适的工作，只能在小饭馆里洗盘子，帮人发传单，给人贴小广告，无论做什么，她从不偷工减料，都努力做到最好，让别人一下子记住她，下次有活还会主动找她。

凭着这股认真劲和韧劲，她的收入逐月攀升，能维持家里的日常开销和父亲的医药费了。稍稍松了一口气，她开始认真规划自己的职业生涯，这样小打小闹做散兵肯定不是长久之计，那时她对销售产生了兴趣，决定到大公司做销售员。

可惜，因为学历太低，又没有任何销售经验，一连找了几个大公司，都被拒之门外。她没有沮丧，更没打算放弃，而是重拾课本，报了函授班，开始给自己的简历镀金。

那几年，她一边忙着打工赚钱，一边忙着读书参加考试，一天只睡三四个小时，起得比鸡早，睡得比狗晚。困了累了，就洗把脸，强迫自己振作起来，看得母亲常常忍不住掉下泪来。

付出就有回报，在不耽误赚钱的情况下，她陆续拿到了高中文凭、大学文凭。有了这些敲门砖，她终于顺利地进入一家大公司营销部，做了一名普通的销售员。

这时，她和爱情邂逅，并很快结婚生子。婚后的日子可谓"兵荒马乱"，做家务，带孩子，照顾父母，但无论多忙，她脑子里都会想着怎么让客户签下合同，每次出门，也一定把自己收拾得干干净净，给客户留下一个好的印象。

销售是很苦很累的工作，要常常出差，生活毫无规律。为了提高自己的销售水平，她把产品资料打印成册，一有时间就拿出来看，直到背得滚瓜烂熟，这样，和客户沟通起来就容易得多，也显得很专业。坐火车，住酒店，她也绝不闲着，总是拿一些心理类和口才类的书看，反复研究说话技巧和客户心理，以便让谈话更有成效。

几年下来，她的销售业绩节节攀升，从最初的普通销售员到白金级销售员，再到销售主管、销售经理，一直到销售总监。

她的努力和敬业深得老板赏识，不久前，公司开拓新的市场，需要一个副总全权负责，她击败众多竞争者，成为公司最年轻的副总。

当初那个洗盘子的小女孩，就这样靠着自己的努力，一步一步走成了职场精英。如今的她，拿着百万年薪，早已帮父母还清债务，有恩爱的老公和可爱的孩子，生活可谓春风得意，精彩无限。

我们总是以为，一个选择，就会关系到一个人一生的命运，选择好了，以后的路就会顺利很多；选择错了，就毁了一生。其实，这只是人们为自己找的借口，人生路上，选择并不是最重要的，努力才是最重要的。

当年的黄莺，是班上学习成绩最好的。如今的她，依然是混得最好的一个，并不像大家想象的那么惨不忍睹。努力的人，无论选择一条什么道路，都能在这条道路上走出精彩来。

　　自己选择的路，就是跪着也要走完。不管我们做出何种选择，肯定都是有路的，只要愿意走。很多人最后失败的原因是不能持之以恒。

一部电影背后的人生

石顺江

高山流水,非知音不能听。

——文天祥

1987 年,编剧罗纳德·巴斯在盐湖城采风时发现一个名叫金·皮克的自闭症患者,该患者记忆力超强,能一字不漏背诵至少 9000 本书的内容。罗纳德·巴斯就从其个性中汲取灵感,写出了一个剧本。他找到一家电影公司的老板寻求合作。老板看后对他说道:"很好,但要告诉你的是,一定要找导演打磨好才可以。"

一位导演看过故事梗概后立马告诉他道:"主要人物太少了,只有兄弟两人开车跨越全美国的对话,何况其中一位心智还有问题,连一点打斗、谋杀或性之类的情节也没有,即使做成后也不会有大的上座率。"

当罗纳德·巴斯找到大名鼎鼎的斯皮尔伯格来执导的时候,他最初考虑导演此片,单调的人物情景让斯皮尔伯格选择了中途退出。

他垂头丧气地来到电影公司老板面前诉苦道:"他们都说不行,看来是拍不成电影了……"老板对他说:"别灰心,相信我的看法,一定会找到识货的导演的。"

当敲响巴瑞·莫罗住室的门的时候,已经是他找到的第五位导演了。莫罗看完小说后,感动得泪流满面,答应一定完成该剧本的执导,最终电影成

功摄制完成。一经上映便风靡全球,并先后获得了奥斯卡金像奖等四项大奖。

这部电影就是《雨人》,这位老板就是索尼娱乐事业公司总裁彼德·戈柏。

提起这部影片,戈柏就说:"拿到这个剧本我就觉得有市场,有些导演只是太急功近利,一个企求立刻能看到成功的人往往放弃得也越快。就好像一块丑陋的石头,肤浅的人只会不屑一顾,而只有智者才知道,经过一番雕琢打磨,璞玉终会大放异彩。"

正所谓千里马常有,而伯乐不常有。一个作品或者是人才,需得遇到真正赏识他的人才能展现他的全部意义。

像做蛋糕一样做事业

郑亚琼

一滴水只有放进大海里才永远不会干涸，一个人只有当他把自己和集体事业融合在一起的时候才能最有力量。

—— 雷锋

夏里峰是 PPTV 早期创业团队成员,后因工作去深圳待了一段时间,再回来的时候发现视频领域发展迅速,已经不适合创业了。

一个偶然的机会,夏里峰加入武汉奇米网络科技有限公司,开始了在电子商务领域的创业之旅。

对于做导购,夏里峰有自己的想法,以网络作为一个有效的平台,玩转流量,对于网购如此火爆的今天,是比较容易生存的。但是这样的网站已经不少了,像瀑布流、蘑菇街、美丽说都是类似杂志的风格,具有"高大上"的品风,而自己的网站应该以什么样的形象面众才能赢得更多的顾客呢? 自己如何在众多导购网站中树立自己的品牌形象呢?

那一段时间里,这些问题一直困扰着夏里峰。一次出差,夏里峰住在一个县城的宾馆里,早上办事的时候经过一个社区的商业街,那条商业街并不繁华,奇怪的是一家名叫"一分利蛋糕店"的店里顾客却络绎不绝。

到了晚上,夏里峰办完事,又经过蛋糕店,正好店主在收拾东西,准备打烊,夏里峰借机和店主攀谈起来。店主是一对面善的中年夫妻,谈到当初创业的情景,妻子显得相当激动:"当初我们夫妻双双下岗,因为他的祖辈曾在御膳房里做过面点,所以他想开个蛋糕店。可是,怎么才能让蛋糕适合大众的口味，他还是下了一番功夫。那段时间，他天天做蛋糕、点心，做完了就送到敬老院给老人免费品尝，让大家给他提意见，社区里跳舞的老年人、玩游戏的小孩、谈朋友的小青年，没有没吃过我们老杨做的蛋糕的。"

妻子说到这里的时候，老杨在一旁憨憨地笑，他说："我一次一次地尝试，只想根据年龄段不同，做出各种大家喜欢吃的蛋糕而已。"

这时，妻子的脸上露出了骄傲的神情，说："这倒是，功夫不负有心人，我们开店之前，大家见了我俩都说，你们开店吧，蛋糕做得这么好吃，开了店我们一定捧场，免费给你们做宣传。"

夏里峰不禁给夫妻俩竖起了大拇指，拜别他们，心里豁然开朗。要做市场，必须找准定位，走时尚风或许利润更大，但是却引不起大众的兴趣。只有走大众路线，选择优质商品把价格压到最低，才能获得好口碑。就像夫妻俩的蛋糕店一样，有了好口碑就不愁没有顾客。

不久后，在夏里峰的努力下建立了卷皮网，并获得 5000 万 A 轮融资。网上开辟了服装、鞋包、母婴、居家等众多子频道，所有的商品均在 200 元以下，折扣降到最低，并设置卷皮返利一项，最高可获得 50% 的商品返利。卷皮网的宗旨就是让顾客"更省钱、更省力、更省心"。

就这样，卷皮网渐渐被网购者熟知，成为了网购者真正的朋友。在给新的创业团队分享心得时，夏里峰却连连表示自己并不算成功的创业者，自己只是在"像做蛋糕一样做事业"。众人疑惑其中的奥秘，夏里峰笑着说，创业确实要多花心思，有时候成功的奥秘只是在不起眼的一个角落里，需要你去发现、领悟。

记得很久的一个广告："大家好，才是真的好。"言简意赅，说明市场的定义是面向大众的。我们要学会用大众眼光看待问题，这样，才能将利益最大化。

树上掉下个眼镜熊

张甜润

真理的大海,让未发现的一切事物躺卧在我的眼前,任我去探寻。

——牛顿

试问,除了熊猫之外地球生物圈内还有其他酷爱竹子的熊吗?答案是肯定的,它就是只有在南美洲才能寻到其踪迹的神秘动物——眼镜熊。

眼镜熊又名安第斯熊,生活在南美洲西部的委内瑞拉、厄瓜多尔、哥伦比亚等地,它也是在南美洲生存的唯一的一种熊。眼镜熊的大部分体毛为黑色,只有脸部以及前胸处有白色体毛分布,因为其眼睛周边有一对酷似眼镜一样的圈纹而得名。

作为和大熊猫一样的第一批进化而来的熊,眼镜熊也是现存与大熊猫亲缘关系最为紧密的熊科动物。二者有着不少相似之处,比如都长着强劲有力的上下颚,都偏向于植食。

在熊家族中母眼镜熊对幼熊的生活照料格外上心。母熊每次一般只产一到两只幼崽,而在幼熊生长的前三年里,母熊会一直相伴左右。小眼镜熊刚出生时只有 300 多克的重量,大约 42 天后才会睁开眼睛,三个月后才会走出洞穴跟随母亲外出活动。在这三个月的时间里,母熊的照料可谓是无微不至,即使是幼熊下面的草垫也要每日一换,尽可能地保持居室的整洁干净。

眼镜熊的爪子具有极强的抓附树皮的能力,这让它把活动范围扩大到树上。除了竹子之外,附生于树上的凤梨科植物也是眼镜熊喜欢的点心。与平时无微不至的照顾不同,外出时的母熊并不会把大部分的精力用在孩子身上,攀爬技能高超的它会把更多的目光锁定在树上的美味上。然而,对于"初出茅庐"的幼熊而言,尽管"装备"了如钩的熊爪,但爬树还真不是一件容易的事情。要领不精通,动作不专业,常常是一不小心就跌下来,甚至还可能跌下来时震落一块石头砸到自己身上。

面对爬树受挫的幼熊,母熊迅速来到孩子身边进行一番抚慰,但一般情况下也仅仅是抚慰一下而已。之后母熊继续觅食美味,而幼熊则重新振作起来继续爬树,继续摔下,直到经过 N 次摔打之后,才成为一名可以爬到十米高的树上并能轻松灵活地从一棵树爬到另一棵树的攀爬高手。

树上掉下个眼镜熊,明知道上树有风险仍然对幼熊攀援不加关注的母熊似乎有些照管不周,其实不然,因为对子女的照料和子女本领的锻炼是两码事。

树上掉下个眼镜熊,"掉下"也是个体成长的一个不可逾越的过程,因为总有一些经验需要在失败中摸索和积累,总有一些技能需要在挫折中培养和提升。

生命的过程是不断寻找探索和发现的过程,许多生存的技能就是这样形成的。千奇百怪的技能,千奇百怪的生命,构筑了自然界的繁盛。

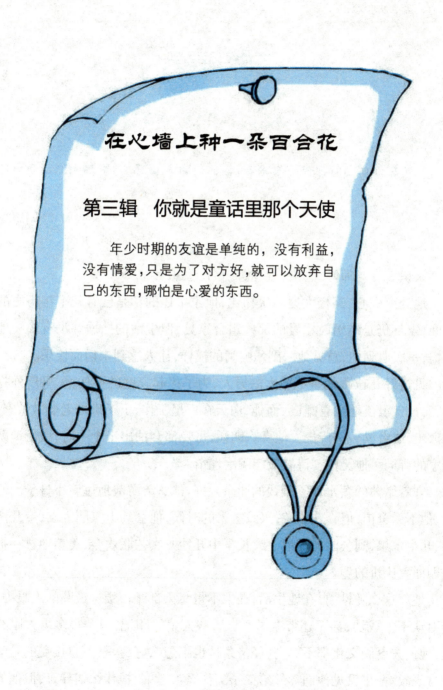

在心墙上种一朵百合花

第三辑 你就是童话里那个天使

年少时期的友谊是单纯的，没有利益，没有情爱，只是为了对方好，就可以放弃自己的东西，哪怕是心爱的东西。

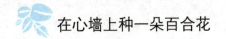

寻找幸福泉

红韵

人只有为自己同时代的人完善，为他们的幸福而工作，他才能达到自身的完善。

——马克思

认识一位老师傅，他在一家企业干了近30年。

地处市中心，高楼大厦鳞次栉比，他家里住的却是已有几十年历史的老套间，家具仍是结婚时添置的那些组合家具，但生活的拮据并没有影响他的心情，每次遇到他，总见他一副乐呵呵的模样，让人感到亲切而快乐。

见过好几位跟他差不多大的男人，为了撑起家庭的重任，厂里厂外打两份工，没日没夜地忙着赚钱。而他，白天在厂里工作，下了班陪老婆做做家务、散散步，或者读一些诗集。他喜欢朗诵，每晚都会抽出半个小时，激情地朗诵名家的诗词。他笑称："诗歌最能陶冶性情。"

守着微薄的薪水和不赚钱的业余爱好，他悠哉游哉地过着小日子。假日里，他不爱逛街，但喜欢旅游，兴致上来的时候，他会约上三朋五友，带几瓶饮料、几个水果，到公园的绿地上或长亭中开沙龙文艺联欢会，美美地过一把诗歌朗诵大比拼的瘾。

他就这么随性、自在地生活，在恨不得每天都赚得腰包滚圆的人眼中，他绝对谈不上成功，甚至还带上了一点游戏人生的印记，但令很多男人眼红的是，他们夫妻俩文化都不算高，经济条件也不怎么好，孩子一直接受的是学校的常规教育，也没见他们额外给孩子买什么参考书、报什么辅导班，但他的儿子却很争气,从小到大,学习一直很拔尖,后来还考上了浙江大学的研究生。

因为要录制一个反映职工热爱生

活的电视节目,那天,我和同事们走近了他和他的职工朗诵沙龙。

他说,他一直觉得人生可以没有钱、没有地位,但不能没有爱好和情趣。一个人在世界上生活,一定要有自己真正喜欢做的事,一定要有自己的兴趣和真本事,这是人生重要的幸福源泉。一个什么兴趣也没有的人最可怜,他只能任命运摆布。相反,你有自己真正喜欢做的事,不管是作为专业还是业余爱好,你能钻研进去,并乐在其中,把它做到你所能做到的最好的程度,你的心情是快乐的,你的生活是充实的,幸福的感觉便油然而生……

的确,他的生活,因为物质上并不富有,在旁人眼中,一定有很多缺钱花的不如意;他的工作很平凡,学历也不高,晋升机遇可以说没有;企业效益不好,涨工资的概率也很渺茫,但有多少人懂得因有朗诵这个爱好,他找到了业余生活的情趣,心灵有了另一个可以栖息的家园,乐在其中,便淡化了现实生活中的一切愁苦。

他看重精神生活胜过物质生活的个性,对家庭环境也起到了过滤世俗思想的净化作用。他告诉儿子:"物质的贫瘠使人感到生存的艰难,而精神的贫瘠,则会令人觉得生命的存在毫无意义。"在这样纯净美好的环境中长大的孩子,气质自然不俗。小学、中学,成绩一路领先,高考后考进名校浙江大学,后又考取母校的研究生。

他说,儿子刚考上浙江大学那一年,有位教授在课堂上说了这么一句话:"从浙江大学毕业的学生,你们将来出去,我不担心你们物质上会匮乏,我担心的是你们在精神上不富有。"儿子跟他谈起老师这段话的时候,他很自豪。

自己虽不是大学教授,说不出那样高屋建瓴的精辟之言,但那个道理,他是懂的,并且已让这个道理,贯穿了儿子的成长……

节目最后,录了一段他代表朗诵沙龙说给观众们的寄语,他说:"现在的社会,工作压力大,生活节奏快,人们缺乏精神生活上的投入,今年第三届'夏青杯'朗诵比赛就是人们注重精神生活的一个反映。可以说,我和工友们建起这个职工沙龙,有那么一种找到幸福源泉的归属感。"

他的话,让我想起幼时听父亲讲过的一个故事。

传说,遥远的森林里有一个幸福泉,谁能找到幸福泉,他就能成为世界上最幸福的人。有两个青年人,都相信这个传说。其中一个人觉得世界上最幸福的事,就是赚取一辈子花不完的金钱,那人带着寻找财富的梦想上路了。一路上,遇到各种发财的机会,对他这样有着极强金钱占有欲望的人来说,怎能错过发财的机会呢?于是,他停下寻找幸福泉的脚步,忙着赚眼前的那点钱。得到利益后,他背着赚来的钱,开始向前行走,走着走着,又遇到赚钱的机会,他又停下了脚步,去为眼前的利益忙碌……就这样,背负的重量越来越多,但他仍执着地背着财富往前走,一定要寻找到幸福泉。他很自私,总怕别人也找到幸福泉,分享了那里的财富,还怕与他同行的人占了他的"便宜",贪了他的钱,所以,

他从不把任何人当朋友,孤身前行,没有分享,也没有分担,有一天,他被累死在半路上……

而另一个青年,他认为最幸福的事,就是一生精神上的富足。一路上,他只带刚够维持自己日常生活的金钱,路上赚到

的钱,除了维持生活所需要用品之外,都投入到丰富精神生活上了,他拜师学会了拉琴唱歌,还写得一手好字,以才艺结识了很多志同道合的良师益友,互相帮助、结伴行走在寻找幸福的路上。有一天,他和他的朋友们一起找到了幸福泉,他们都成了世界上最幸福的人……

儿时听了这样的故事,只觉得缥缈虚无,而今,眼前就有这么一个真实的例子,让我愈发深刻地理解了幸福的含义。原来,并非所有的人都与幸福有缘,对物质生活过度的追求,只会削弱了你感知幸福的能力。因为幸福本来就是一种精神上愉悦的感知,它只属于那些乐观开朗、重视精神生活的人。

幸福在于去做你想做的事,追你想追的梦,爱你想爱的人。如此,就是幸福了。

写给我曾暗恋过的你

念初

你如果想念一个人，就会变成微风，轻轻掠过他的身边。就算他感觉不到，可这就是你全部的努力。人生就是这个样子，每个人都会变成各自想念的风。

——张嘉佳

亢世杰：

见信佳，希望打开这封信的你依然安好。

不知你现在在什么地方，过得怎么样？

你肯定好奇是谁写的这封信，往下看你就知道了。

你在我们隔壁班，在我的脑海里，你瘦瘦高高的，走路很有气质，为人正直。

你总和我们班的徐浩在一起回家，一起打篮球，而我恰好和你们同路，那个时候，我们班的女生总是悄悄议论你。在她们讨论你的时候，我总是低调的关注着你。

我悄悄靠近偷听一些，比如在哪里偶尔看见你，比如喜欢喝奶茶不放珍珠，每次听到的每一点都深深记在我心里。

有几次下自习突然发现你经常等着徐浩，然后一起回家，我总是看着徐浩出教室，然后尾随着你们，你们一样高，只

是你比他瘦，比他好看，声音也比他好听，在拥挤的楼梯间我不敢靠近你，哪怕就走在你身后，也小心翼翼地保持距离，跟着你下楼，脚步变得特别轻快，离你近一点都感觉莫名的心跳加快，我们经常晚自习一起回家，只是你不知道后面有个小尾巴而已，我在身后看着你在暖黄灯光下离得我很近很近，那拉得很长的影子就在脚下，喜欢追着你的影子走，偶尔踩踩你的脸、你的发，来满足想靠近你的欲望，感觉这样就像触碰到真实的你，然后一整天的郁闷和烦恼就马上烟消云散，我想这就是喜欢吧，对的！我肯定喜欢你。

　　自从发现喜欢上你的时候，我就更加关注你，你喜欢下午五点左右在操场打篮球，喜欢喝冰红茶，喜欢学数学，非常讨厌英语。你不知道每天做完午间操我就不要命似地往三楼教室的走廊跑，就想提前跑上来从散操的人群里寻找你、定格你。你的一举一动都不想放过，而且我明明是近视，偏偏站在三楼也能看清你的表情，你说奇不奇怪？所以，久而久之我目光追随的异样被好朋友发现了端倪，然后她加入了我。陪我去食堂，在那么多人里穿梭，希望我能离你近一点。就这样，初中学习里多了一种乐趣，你不知道我有多么喜欢你。

　　青春随时间流逝着，我的习惯、爱好、学习成绩，都有了一些变化，唯一没变的就是喜欢你，那种小心翼翼的喜欢，那种害怕倾诉的喜欢，那种只要看着你就很开心的喜欢，那种自卑又热切的喜欢，像夏日的青草一般肆意疯长。记得我们唯一的一次接触是你在操场打篮球，我和几个朋友站在那么多的观众里边聊天边看你，这是我每天下午着急放学的原因，因为可以光明正大地看

着你。你篮球打得不是很好，可是奔跑的样子就特别好看，其实没有多大的心思在篮球上，更多的是看着在操场随风奔跑的你，你那飘扬的头发和跳起来上移的衣角，偶尔看见你精瘦的腰和精致的锁骨。这天就是因为太专注，没注意到篮球正在不偏不倚地砸向我，从旁边人的惊呼中我发现了它，这一刻它离我非常近，脑袋一片空白，但是身体提前做出反应一歪头把球让开了，这时你从操场的另一边向我跑来，是的！你正向我跑来，我拍胸脯的动作加快了，呼吸也急促，心都快跳出来了，你站在我面前用我熟悉了两年的声音问我："你没事吧？"我捂着胸口生怕你听见我心里的秘密，我急急忙忙摇着头，用动作回答你，你接过别人捡起的球对我微笑着点点头，转身回到球场上。背影高高瘦瘦，正直又有气质，身上的味道干净又阳光，我激动得身体僵硬了！我旁边的朋友不停地摇着我说："开心吗？开心吗？"我想我是开心得快疯掉了吧！

初三来临了，因为中考的压力，渐渐放下了追寻你的热情，故意不去关注你，不去想你，然后时间一天又一天就过去了，直到我们照毕业照的那天，我在人群里着急地寻找你，却始终没发现你。最后大家就这样分道扬镳了。

现在的你，还好吗？收到这封信的你，不奢求你仍记得我，只希望你记得原来的自己，记得在我青春里你那干净美好的样子，希望你不要被时间改变了模样，我依然喜欢你，可是我喜欢的只是那个时候的你，那个在我印象里一直都完美的你而已。读完这封信的你是什么样子？有没有皱着眉头思考我到底是谁？有没有在记忆里搜寻我的样子呢？

请你不要费心思考，写这封信

的目的不是迟来的告白，而是希望每个人都给自己留一样美好的东西，可以在未来的时间里，不忘初心，不忘原来那容易满足的自己，亢世杰，愿你安稳幸福！

我的美好记忆愿你平安永存！

念　初

2015 年 1 月 29 日

在那个"兵荒马乱"的年月，每个女孩子心里都有这样的一个男孩子：他那么优秀，清瘦，好听的声音，帅气的面庞。这恐怕就是传说中的白马王子了。至于后来在没在一起，似乎都不是那么重要了。

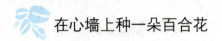
林露露，你就是童话里那个天使

玉玲珑

遇见你们，是我最美丽的意外。

——佚名

1

"林露露，你剪头发了啊？为什么啊？你好不容易才留起来的，整天跟宝贝似的伺候着，怎么突然说剪就剪了啊？"林露露刚走进教室，同桌晓宇就"飞"到她旁边，望着她的头发惊呼着。

"我也不知道是谁剪掉了我的头发……"林露露一脸委屈，眼泪跟着就下来了。

"啥？你也不知道是谁剪掉你头发的？！那是谁、怎么剪掉你头发的啊？！"晓宇一脸惊恐状。

"我不知道就是不知道……"林露露的眼泪滴落在课桌上。

要说林露露的头发，那可是她的宝贝，自打上幼儿园起，她就没剪过头发。她那一头乌黑的秀发令多少人羡慕啊，垂下来，一直到腰间，

柔顺飘逸，比电视里洗发水广告上的明星头发还漂亮。

现在可好，头发到肩膀的位置，扎起来像把小刷子。林露露说，觉得头轻得像要飘起来。

班主任小李老师走了进来，身后是林露露的爸爸，两个人都表情严肃，脸上布满了暴风雨来临前的乌云，整个班级立刻安静下来，谁稍稍大点声呼吸都能听见。

"昨天下午放学的时候，谁和林露露同学一起走的，或者谁看见有谁在背后对林露露同学有过异常的举动没有？"班里鸦雀无声。小李老师的目光扫过每一个同学的脸，没发现异常，都沉稳冷静，没有惶恐。

"小李老师，也许不是同班同学干的，那就不耽误同学们上课了。"林露露的爸爸转身走出教室，小李老师也跟了出去。

教室里一下子炸开了锅，目光全聚焦到林露露的身上。林露露趴在桌子上，把头埋在两只胳膊中间，嘤嘤哭泣。同学们都为她的头发离奇被剪唏嘘不已，教地理的孙老师走进了教室。

"这次考试有几个同学进步了，也有几个同学退步很多，特别是林露露同学，竟然从前10名跌倒了第47名，女孩子嘛，爱美是可以理解的，但不能忘了学习才好。要不就成了真正的'头发长见识短'了。"孙老师的话一落地，全班哄堂大笑，目光再一次聚集到了林露露的身上。

2

第二天，林露露的头发又短了一截，她依然不知道是谁用什么方法给她剪掉的，这个消息无异于一个重型炸弹，把初二整个年级炸得沸沸扬扬，连整个学校都陷入一片猜测、不解和恐慌之中。

下午放学，林露露觉得背后有人跟踪，她猛然回过头，甩起书包朝那人脸上

打去。

"哎呀,别打了,是我!"林露露停下来,才看见是同学方舟。方舟是班里出名的差生,是林露露的"帮扶对象"。

"我想送你回家,怕有人再剪你的头发,再剪你就成假小子了。"方舟吐了一下舌头。

"方舟,你觉得我以前的长发好看,还是现在的短发好看?""都好看,长发看着文静、淑女,短发看着精神、利索。"

"方舟,你觉得学习是很枯燥的事吗?""也不是,我就是脑子笨,我也想学好,上课我也好好听来着,可是就是学不会。妈妈也说我脑子不灵光,还说我要是考不上重点高中,就让我去乡下当泥瓦匠。"

"方舟,我告诉你个秘密,你不要告诉任何人好吗?"

"什么秘密?"

"其实 "林露露顿了顿,有点犹豫的样子,"其实头发是我自己剪的。""啊?"方舟听完瞪大了眼睛。

"其实,我是为了你才剪头发的。"林露露一双大眼睛看着方舟。

"为了我?你没有开玩笑吧?""是真的。你看咱们俩结对子都快一年了,你的学习成绩一直上不来,我也不知道咱们俩谁有问题,这次摸底考试你依然还是倒数,我着急啊,说实话,我有点打退堂鼓了,我想找老师再另外给你找个对子,但我又不想放弃。为了给自己鼓劲,我就剪掉了自己的头发,对自己说'林露露,你连最宝贝的头发都有决心剪掉,难道没有决心帮方舟搞好学习吗？'我知道你并不笨,只是你不够用心……"

方舟听着林露露的话,惊讶得张大嘴巴。

"另外,这次我名次掉到了后几名也是我故意的,我想和你站在一个起跑线上,这样你就不会觉得咱俩差距大了。"林露露很认真地看着方舟。

方舟先是惊讶,继而有些感动了。他没有想到林露露如此真诚、如此绞尽脑汁地帮助自己。他是个那么差劲的孩子,上课睡觉、放学去网吧,没有谁在乎和关心他。"嗯,我今后一定好好学习,尽快把成绩提上去。"

3

初二的紧张度一点也不亚于高二,甚至比高二还要让人感觉"亚历山大"。各类考试、测验渐渐多起来。

"方舟,你看,这次英语考试你得了 90 分呢,这可是开天辟地头一回啊,肯定不是你的真实水平,说,是不是考试的时候抄谁的了？"英语课代表陈晨用怀疑的眼光看着方舟。

"这有什么啊,这学期期末我能考个满堂红,你们信不信？"方舟接过卷子说。

这个"新闻"不亚于林露露离奇被剪掉的头发,整个班级的学生为方舟的"大言不惭""不知天高分难考"连连惊呼。只有林露露不露声

色，在暗暗地笑。

方舟没有能兑现他考个"满堂红"的诺言，最有希望得高分的物理他居然只考了 62 分。同学惊奇地发现，林露露的头发又短了，成了一个"假小子"。同学们都在猜测、怀疑，而方舟，嘴角露出了一丝浅笑。

"林露露，是不是我下次考不好，你就把自己剃成光头啊？"回家路上，方舟说。

"是，你要是再考不好，我就真的剃成光头……"林露露早就做了仔细的调查，方舟虽然调皮、顽抗，但他心地很善良，最怕别人为了他受委屈，所以她才敢这样"狠心"地对待自己。听了林露露的话，方舟开始更努力的学习。

接下来的考试，方舟真的考了满堂红。

学校一直在调查林露露头发离奇被剪的事件，最后锁定了目标，居然是方舟！因为只有他和林露露接触比较多。

林露露听说方舟成了怀疑对象，赶紧找班主任替方舟洗脱罪名。"那你说是谁剪掉了你的头发，这案子不破，影响多坏啊。"班主任苦口婆心地说。

"老师，我告诉你吧，是天使剪掉了我的头发，她说只要我剪掉头发，方舟的学习成绩就能上来了，你看，天使没有骗人。"

老师先是莫名其妙地看着林露露，然后笑了："对，是天使剪掉了你的头发。"

　　方舟看着林露露假小子一样的短发,在心底由衷地说:"谢谢你,林露露,你就是童话里那个天使。"

　　年少时期的友谊是单纯的,没有利益,没有情爱,只要为了对方好,就可以放弃自己的东西,哪怕是心爱的东西。

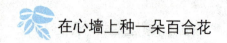

再一次地怀念你

林永英

> 无论我如何去追索，年轻的你只如云烟掠过。

——席慕蓉

深秋，能在树上缀着的叶也就剩那几星欲掉的残黄了。飘摇中也许就在下一刻会化作枯蝶飞舞于这凉凉的寂寂的秋。

一路的奔驰前行，向后蹿的风、跑的树就像这时间，这十年，一去不复回。十年一次的聚会，你没来。

大家心照不宣，似乎你来过，就在这中间，欢笑同我们每个人一样，也许我们没有发现。有风吹过时，只是心里突地凉了，沉了，暗了。那是因你没来，你走了，你永不再回来。你带着你的青春，你未完成的心愿走了，你不舍，不舍你刚起步的工作，年迈的双亲，执手相看的恋人，布置齐整的新房。你有太多想做还没来得及做的事呀，那该死的病就已经缠住了你，你没有斗得过它们，你还是撒手而去了。

我们依旧谁也没说，推杯换盏中，各类祝福随酒四溢。也许酒溢得太多，泪就悄然滑落。那是那块暗云下的雨，淅淅沥沥，没有闪电，只是默默。谁都明了，就任这雨肆意下吧，也许下过雨后，那块暗云会变得明亮，透彻，能让我们明白一些什么。生命也许就如这块云，也许会随风飘走，到一个很远的地方。也许就这样浓化成一场场雨，淅淅沥沥，四处纷扬。

车子穿过闹市，人很多，车很多，南来北往，川流不息。此时的你是否也是处在那纷杂中感到孤单，你没了回家的路，你找不回，也回不来。就如同我们怎样的虔诚也寻不回你一样。我们双手合十为你祈祷，唯愿身处他乡的你能得到此生没得到的幸福。

　　车子渐行渐慢，终于停下。你就在这片桃林中，树上的桃花绿叶早就飞没了，这个季节，桃树光秃秃的萧条，不用厉风来衬托自显一段感伤与凄凉，更何况是你在独守这片荒凉。

　　风卷起我们散乱的长发，沙尘漫天，枯叶翻卷。这儿就是你的凄凉之地，不愿坚信，不去确信，唯愿这只是一个梦，一个醒来不愿再回想的梦，你只是去了一个远方，很远很远的远方，我们只是失去了永久的联系。

　　不知春天的粉淡红浓中，你是否会嘹歌穿行于这片低矮的桃林，让自己如云雀般的歌喉高扬于渺远无际的苍茫中。

　　祝安吧，我的朋友。深深地怀念你，我们 1997 永远的老高。

　　有些人，注定是不能陪我们走很远的路，可是那份记忆却一直在我们心里，他一直活着。

卡什拉 18 号的守望

木子

爱是恒久的忍耐，又有恩慈。

——《圣经》

卡什拉大街位于美国宾夕法尼亚州费城。这条大街上住着许多户人家，邻里之间都很善良、友好，大家过着幸福、平静的生活。

卡什拉 18 号住的主人名叫汉斯，是一名电脑工程师。他有一个儿子，今年 7 岁了，名叫小约翰。小约翰上小学二年级，学校离家大概有 20 多分钟的路程。

每天早上，小约翰上学时，汉斯就会像变魔术似的，站在家门口，将自己打扮成一只唐老鸭，或者是米老鼠、超人、蜘蛛侠……他用这种独特的方式，送别儿子去上学。

儿子看到爸爸这种打扮，常常抿嘴一笑，转身向学校走去。看到儿子嘴角露出的那一丝笑容，装扮成唐老鸭卡通动物的父亲更加兴奋地手舞足蹈起来。

下午放学时，汉斯又打扮成憨态可掬的米老鼠卡通动物站在家门口，迎接着儿子回家。小约翰看到爸爸这样打扮，嘴角又露出一丝笑容，这笑容稍纵即逝。但是，看到这一丝笑容，汉斯更加兴高采烈手舞

足蹈起来。儿子脸上绽放出的那缕笑容，对于汉斯来说，就是天下最美丽的花朵，令人陶醉。

小约翰是一名自闭症儿童，这种自闭症是天生的。主要表现为不愿与人交流，对任何东西都不感兴趣，喜欢沉浸在一个人的世界里。当小约翰才3岁时，汉斯得知小约翰得了这种自闭症，一下子惊呆了。他带着小约翰跑遍了美国许多医院，结果都治不好小约翰的这种病症。他感到很痛苦、很不幸。

医生无奈地告诉汉斯，任何药物都无法治愈小约翰的病，要治好小约翰的病，只能用爱，才能使他渐渐走出孤独、封闭的世界中。在10岁之前，是最佳治愈期。

听了医生的话，汉斯的眼前一亮，他仿佛看到那跳动希望的火焰。很快，他挺起了胸膛，目光中闪烁着一种坚强和无畏。他擦去眼角的泪痕，将儿子紧紧地搂在怀里，喃喃地说道，孩子，让我们一起努力，去拥抱这个美丽的世界。

从此，汉斯成为小约翰最好的伙伴，他陪约翰玩耍、旅游、说话、看书、讲故事、看电视……尽管他很辛苦、很疲惫，小约翰对外界的反应还是那么迟缓，甚至无动于衷。但是汉斯一点也不气馁，在他眼里，小约翰就是上帝给他送来的最好的礼物，他必须要倍加珍惜和关爱。

小约翰上学了，他别出心裁，每天站在家门口，扮成各种卡通动物形象，迎送小约翰上学、放学。无论刮风下雨、电闪雷鸣，汉斯都会准时站在家门口。他那憨态可掬，惟妙惟肖的滑稽动作，令小约翰从开始熟视无睹，到定眼细看，再到会心一笑，这一点一滴的细微变化，在汉斯眼里就像是巨大的成功，他的心里比吃了蜜还甜。

渐渐地，卡什拉18号门口的卡通动物形象，成为卡什拉大街的一景。很快，人们得知这个父亲的一番良苦用心后，都被他的这种深情的父爱深深地感动了。

有一天清晨，汉斯在门口扮成一只活泼可爱的唐老鸭时，他突然发现他旁边多了一只米老鼠，也在那手舞足蹈着。那一刻，汉斯什么都明白了，他走到米老鼠跟前，热情地与他拥抱着，两行热泪夺眶而出。

小约翰出门时，他惊讶地看到了两只卡通动物在那里手舞足蹈，脸上立刻露出惊喜的神色。他走上前去，轻轻拥抱了那只米老鼠，嘴里连连说道："谢谢！谢谢！"米老鼠弯下腰，给了他一个吻。他又走到唐老鸭跟前，轻轻地拥抱了那只唐老鸭，嘴里连连说道："谢谢！谢谢！"唐老鸭弯下腰，也给了他一个吻。

一直走出很远，小约翰回过头去，发现两只可爱的卡通动物，还在不停地又蹦又跳，向他挥手、致意！

下午放学回来，在很远的地方，小约翰就看到家门口的那只唐老鸭和米老鼠，不，他发现旁边还有一个超人，他们在那又蹦又跳，向他表示欢迎呢。小约翰兴奋地张开双臂向他们飞快地跑来，嘴里还高声地喊道："谢谢！谢谢唐老鸭！谢谢米老鼠！谢谢超人！"

渐渐地，小约翰发现，每当他出门或者放学回来，他发现家门口的卡通动物越来越多，这些卡通动物好像是在列队表演，向他表现出绵绵不绝地关爱和友情，他那封闭的心灵一天一天地打开了。

小约翰笑了,笑得很甜蜜、很幸福。有时,他也扮成一只卡通动物,与他们在一起手舞足蹈,载歌载舞。小约翰变得开朗乐观起来,变得愿意与人交流,他有了许多好朋友……这一系列变化,令汉斯兴奋不已。

医生检查后,脸上露出不可思议的表情,他惊讶地告诉汉斯,小约翰的自闭症已基本痊愈了,这简直是奇迹。

医生问汉斯这一奇迹是怎么发生的?

汉斯将约翰紧紧地搂在怀里,眼睛里噙满了泪水。他哽咽地说道:"是爱,是爱的守望,让约翰变成了一个健康、正常的孩子。那些可爱的卡通动物的扮演者,都是我的街坊、我的邻里,他们都是约翰最亲的亲人。"

卡什拉18号,那温暖、甜蜜的一幕每天都在火热地上演着。看到约翰在健康茁壮地成长,人们心里溢满幸福和甜蜜。这种幸福和甜蜜像一股幸福的暖流,在人们心田里,久久回荡!

我们生活在一个充满爱的世界,在我们需要爱的时候,爱就源源不断地来了。然后我们就学会爱了,在别人需要的时候,我们依然可以奉献自己的爱。

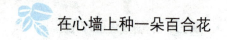

美德在民间

孙道荣

人不能像走兽那样活着,应该追求知识和美德。

——但丁

为了36元钱,一个人苦苦找寻了另一个人整整三年。

找人的叫老张,是个鞋匠,专门帮人修鞋、擦鞋,在街上摆了个修鞋的小店,已经摆了八九年,一直没挪窝,加上修鞋的手艺又很好,所以生意不错,积累了很多熟客。老张要找的人叫石慧。石慧是附近的住户,也是老张的一个客户。

如果客户预存一笔钱,可以打八折,老张的这个主意,吸引了好多客户,老张有三个厚厚的大本子,清清楚楚登记着每一个客户的存款和每一笔消费记录,从无差错。其中有个客户,预付款还剩余36元,但她已经三年没有来过了,鞋匠老张要找的人就是她,他想把钱退还给她,或者请她把剩余的钱消费掉。

可是,除了知道她名叫石慧,住在附近的某个小区之外,老张对她一无所知,也没有她的任何联系方式。老张就只能用最原始的方式,一个个地问。每一个前来擦鞋或者修

鞋的客户，他都要问人家一句，你认识石慧这个人吗？久而久之，竟然成了老张的一个习惯。

有人被反复地问，就好奇地反问他，为什么要找这个人？老张就把事情的原委告诉人家。有人劝慰老张，可能是她搬家了，或者其他原因不来了，反正就这么点钱，不用找了吧。老张一本正经地说，那可不成，再少也是人家预存在我这儿的，她若不来消费了，我就要把钱退给人家。

慢慢地，到老张的店铺来修鞋或擦鞋的人，都知道老张在找一个人，那个人叫石慧。

有个客户认识石慧，但客人沉重地告诉老张，两年前，她就已经因病去世了。他也不知道她具体住哪个小区，也没有她的联系方式。

老张很难过。但他不想就此放弃，他想，石慧不在了，那就找到石慧的家人，把剩下来的 36 元退给人家。因此，他依然固执地向每一个老店的客人询问，你认识石慧吗？

日子就在老张的这一声声询问中，慢慢流逝。

终于，有个新客户告诉老张，他认识石慧的丈夫。

第二天，石慧的丈夫，来到了鞋匠老张的小店内。老张拿出一本厚厚的旧账本，翻到其中的一页，对石慧的丈夫说，她的预存款还剩 36 元，把钱退给你，或者你来修鞋、擦鞋，都可以。

石慧的丈夫却坚决不肯收，他说，这么点钱，你却一连找了我们三年，已经很让我感动了，钱我不能收。

一个坚持退钱，一个坚决不肯收。最后，还是鞋匠老张想了个办法，要不，我们把这钱捐了吧，也算是对石慧的一个纪念。

第二天，鞋匠老张来到当地的红十字会，以石慧的名义，捐了 336 元钱，其中的 36 元，是石慧三年前预存在鞋匠老张店里的余款，另外的 300 元，是石慧的丈夫追捐的。

这个故事，有了一个善良而美满的结局。我不厌其烦地复述这个故事，是想告诉大家，这个社会需要的很多东西，比如善良，比如诚信，比如承诺，以及其他的很多美德。

我们社会需要正能量，我们也有责任去宣扬这样的正能量。我相信每个人的心都是向善的，都是暖的。

换　铺

顾文显

任何东西，凡是我们拿来和别的东西比较时显得高出许多的，便是伟大。

——车尔尼雪夫斯基

故事发生在通化开往青岛的 108 次普快 4 号硬卧厢内。

列车已徐徐驶离通化车站，时间是 21 点 20 多分，旅客们大都在各自的床铺上躺下来，除了 6 号下铺坐着俩人，靠窗的是位 30 岁左右的着装女干部，靠过道的紧外边则是位须发全白的老汉。两人商量换铺的事，老汉是上铺，但他年老体弱，爬不了那么高，因此希望能与女干部调一下。

女干部不答应。谁乐意爬上爬下的？再说上下铺的票价不一样，买票的难度也不同。

"我不能跟您换，若是那样，当初直接买上铺多好？"

百般协商无效，老汉找到了列车员，并且掏出了自己的一个什么证件，老人已经 88 岁。

列车员那阵子大约心情也不太好，她说："我跟旅客商量一下。"就冲车厢内喊："这位老人家是上铺，哪位旅客发扬雷锋精神，把自己的下铺跟他换一换？"

没有人吭声。

列车员道："旅客们自己买票，有权利睡自己的铺，我不好干涉呀。"说罢，忙自己的去了。

老汉只好在下铺一角坐着。

"您总得想办法呀，否则坐在这里影响我睡觉。"女干部脾气挺大，她冲老汉下了逐客令。

"我爬不上去，反正我买了票，就在这儿坐着吧。"老汉赖在那儿不走。

对面5号下铺已躺下商人模样的中年男人，他眯着眼，佯装入睡。不好插嘴呀，他也不乐意跟老汉调换，细论，年纪也不算小啦。倒是其他中上铺的人看事不公，纷纷说那女干部："你这么年轻，只当可怜这老大爷行不行？"

女干部受到围攻，干脆躺下，把腿伸到老汉身后，老汉便只有半个座位，她说："你们只会说风凉话，我包里有贵重东西，丢了你们负责？"

"什么贵重东西可以找列车员保管。"

女干部走了嘴，但仍不示弱："别人拿走一分不值，我这是重要档案、文件，丢了赔不起。"

众人说，让老汉枕着，或者你拿到上铺岂不更安全？但女干部铁了心，就是不通融。

当然，谴责女干部的都是中上铺的旅客。

对面下铺的商人听不下去，坐起来，掏出20元钱，交给女干部："上下铺差十多元钱呢，我替老人补上20元，您可以跟他换了吧？"

"你这是什么意思？"女干部翻了脸，"我公家报销，差你几个钱？为什么你不换？"

"我腰疼,要不早换了。"

"我来例假了还要向你请示?"

众人既生气又说不出话来。

这时有个穿西装戴手套的青年男子走过来,劝那女干部:"大姐,这老前辈如果坐到青岛,咱能忍心吗?"

"花钱坐车,没什么说的。你有同情心,用不着号召我,自己跟他换呀?"

小伙子一愣,旋即说:"换。老人家,您到14号下铺,我也是终点。"他领着老汉走了。

换个铺,算不得惊天动地的伟业,但大家对女干部确是很反感。小伙子这回,在众人目光的注视下有些不自然,他向上铺爬,结果一把没抓住,滑下来,膝下结结实实地磕在了小梯子旁的角铁上,鲜血登时流了出来。

几个人慌忙来扶,小伙子摆手谢绝,这时,周围的人,包括那女干部,都清楚地看到小伙子两只手都是假肢,难怪他抓不住扶梯,难怪他大热天戴手套!

谁都有满腹话,谁都没开口,目送着小伙子一步步爬上顶层。

小伙子睡下,中间只下来一次,洗漱兼上厕所,他爬上爬下不易。没有人跟他换铺,那样会伤害他的自尊心。

车到天津,那位睡下铺的商人和另几位要下车,他们换完票拉列车员到车厢连接处,把一沓钞票郑重地交到她手里:"我们不管小伙子的手为什么残的,请你转达我们一点敬意和歉疚,他虽然残废,但却有比我们更健康的东西。"

"还有我。"那位女干部不知何时站在人圈外,手里捏着两张钞票,她已哭成了泪人!

列车又开动了,女列车员凝视窗外,庄严敬礼,嘴里轻声念着:"一路平安,一路平安……"

生命就是这样,在最特别的时刻,才会显出它的迷人光辉来,这刺眼的光辉,让那些卑微的灵魂睁不开眼睛。

那些丑孩子

涂丽

大自然是善良的慈母,同时也是冷酷的屠夫。

——雨果

纪道思是《纽约时报》的著名记者,全球最高新闻奖"普利策奖"的获得者。1998 年,在印度中部恰尔肯德邦的一个小村子里,他遇到了生命中的第一位丑孩子。

这是一个美丽的黄昏,绚烂的霞光从萨特堡山顶斜斜射下,似乎为山下宁静的村庄披上了一层粉红透明的纱巾。纪道思走在一条宁静的小路上,举着相机,不时捕捉着镜头,神情专注而愉悦。忽然,他听到一阵质朴却异常动人的歌声,夕阳下,就如一泓灵动的山泉淙淙流淌。纪道思被吸引了,他撇开小路,顺着歌声穿过了一个小小的橡树林。他看到一个少年背影。少年正迎着风歌唱,那歌声清越激扬,有一种力量直指人心。

少年终于唱完了,纪道思高兴地鼓掌,并用简单的印度土著语向少年打招呼。少年扭过头来,纪道思一下子吓了一跳,这是怎样的一张脸啊!只有一只眼睛,腭裂,鼻子是红红的一坨肉,和嘴巴连在一起,看不到鼻孔。没等纪道思反应过来,少年一撒腿跑了。

第二天黄昏,因为好奇,纪道思又来了,他带来了许多礼物。他向一位路过的村民打听。村民说,那一定是尼鲁,他正在教堂门前的广场上玩呢。纪道思来到广场一看,他突然无比的震惊。因为广场不止有尼鲁,还有十多个奇形怪状的丑孩子,或是少了耳朵,或是脑袋奇大,或是五官奇怪地纠缠在一起,或是五指如鸭掌一般……

他把所有的礼物都分给了这些丑孩子们，在孩子们近乎恐怖的笑脸下，他双手颤抖着，按下了相机快门。

经过一个多月的调查，纪道思终于弄明白了，这些丑孩子形成的原因，不是遗传，而是污染。当地是印度主要产煤区，含有毒素的煤矿污染物排进饮用水源，孩子们在母亲的腹中就已经畸形。

从此，纪道思利用工作之便，不辞辛苦地走遍了亚非拉几十个欠发达国家，拍下了近千张丑孩子的照片。肯尼亚的露伊娜生下来就没有膀胱，靠一根插在体内的导管，坚强地活到了15岁。赞比亚的格桑浑身通红，如一只剥了皮的猫。生活在加纳的麦德是所有孩子中，最漂亮的一个，两颗眼睛如钻石一样闪亮，皮肤如丝绸一样光洁，可惜，他没有性器官。21岁那年，痛苦地自杀了……

这些丑孩子形成的原因，无一不是胎儿畸形，无一不指向环境污染。拍的照片越来越多，纪道思的内心越来越痛苦，他镜头里的丑孩子也越来越触目惊心。2009年3月26日，在纽约举行的"AIPAD国际摄影展"上，纪道思展出了一组名为"丑孩子"的照片，一时间，震撼了无数人的心灵。很多观众看着看着，就禁不住流下泪水，当场签下支票捐赠。纪道思也因此一举夺得最高奖项。

当无数媒体记者把摄像机投向纪道思的时候，纪道思泪流满面，哽咽着，只说了一句话："留子孙一方净土，还世界一片蓝天……"

环境污染最后受到伤害的终究还是人类，保护环境，从你我做起。

为爱开店

李莉

对人来说,最大的欢乐,最大的幸福是把自己的精神力量奉献给他人

——苏霍姆林斯基

最近,在新浪网上,意大利的帕拉迪尼餐厅因为专门招收智障青年做招待生,引起了众人的关注。面对着记者的采访,店主帕拉迪尼讲述了一个充满温情的故事。

20多年前,帕拉迪尼夫妇的儿子西蒙尼被确诊患有唐氏综合征,帕拉迪尼夫妇无论如何都难以将"智障"一词与笑容纯净的儿子联系起来。

回到家,帕拉迪尼沉默地看着儿子,许久不语,而帕拉迪尼夫人在一旁痛哭失声。好一会儿,帕拉迪尼平静而温柔地对妻子说:"上帝给西蒙尼关上了一扇门,我相信,他肯定会为我儿子开上一扇窗的。"丈夫坚定的话让妻子痛苦的心渐渐平复。

随着西蒙尼渐渐长大,帕拉迪尼夫妇真的欣喜地看到了上帝为儿子开的那扇窗了。十多岁的儿子虽然只有四岁孩子的智商,但非常善良热情。家里的事,他努

力地帮着做,扫地、抹桌、吃饭时摆
放餐具等活,他做得快快乐乐。因为
做了家事,得到家人的赞美和感谢,
他便笑容灿烂,满心喜悦。

当儿子 20 岁时,帕拉迪尼觉得
儿子完全能胜任餐厅服务生这简单
的工作。于是,他带着儿子到当地餐
厅去找工作,却不料所有的餐厅看
到智障的西蒙尼时,纷纷拒绝。

难道儿子的一生就只能待在家
里,不与社会接触吗?这样的人生能
快乐,会有意义吗?回到家,帕拉迪
尼看着儿子忧心忡忡。终于,他作出
了一个重大的决定,他要为儿子开

一家餐厅,雇用儿子当服务生,让儿子的人生有意义。

2010 年,帕拉迪尼夫妇开了一家专卖比萨和意大利面的餐厅,由儿子当
餐厅的服务生。

没想到,餐厅的生意十分冷清,光顾的客人很少。帕拉迪尼观察到有些人
进入餐厅正准备点餐,却不料看到西蒙尼后,一脸嫌弃,掉头离去。这一幕,深
深地刺痛了帕拉迪尼夫妇的心。

餐厅月月亏损,帕拉迪尼夫妇不得已,已经做好关门的打算。但这事被电
视台得知了,决定为帕拉迪尼特播一期节目,希望能帮助他们把餐厅开下去。

帕拉迪尼在电视上说,上帝是仁慈的,真的给儿子开了一扇窗。儿子是那
么的善良、友好、勤劳,他很感激上帝。但他希望,大家能接纳、认可患"唐氏综
合征"的孩子,让这些特殊的孩子也能像正常人一样为社会作出贡献,让人生
更有意义。希望上帝赐予的这扇窗,能够照进爱的阳光。帕拉迪尼的话,让电

视机前的人们流泪了。

第二天,餐厅门庭若市,人们纷纷拥到餐厅就餐。当笑容满面的西蒙尼给客人端上菜后,客人都微笑着对他说"谢谢",西蒙尼笑容绽放。那一天,帕拉迪尼看到了儿子生命照进了明媚的阳光。

帕拉迪尼餐厅渐渐得到大家的认可,如今已扩大经营,帕拉迪尼招收的服务生大部分都是智障人士,这些智障者在这里,获得了自信和快乐。

当记者采访帕拉迪尼时,帕拉迪尼说:"上帝有时会犯点错误,会关上一些人的门,但他肯定会为这些不幸的人开一扇窗。我们能做的,就是用满心的仁爱,让这些窗,照进阳光。"

我们每个人总还是有能力去为这个社会上的弱势群体做些什么,哪怕是微不足道的事情,在别人那里就像是打开了一扇窗。

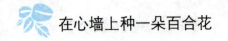
1条微信,10101元

王举芳

应该让别人的生活因为有了你的生存而更加美好。

—— 茨巴尔

得知父亲在青岛阜外医院做心脏搭桥手术,在重庆工作的她请了假,赶到医院陪护。

父亲的手术很顺利,让她十分欣慰。一天,她到相隔不远的一间病房聊天,看到新来了一个小女孩,女孩看上去很瘦弱,但一双大眼睛忽闪忽闪,透明而清澈。一个面容沧桑的男人忙前忙后照顾着女孩。

她与男人闲聊得知:女孩叫明月,今年6岁,是去地里干农活时捡回来的,便收养了她。明月自小身体不好,带去医院检查才知道患有先天性心脏病。有人劝他们把明月送到孤儿院,以免给贫困的家庭雪上加霜。但他们还是坚持把明月留了下来,他们觉得明月是上天赐予他们的幸福,即使她有病,需要自己倾家荡产去付出也心甘情愿。

因为先天心脏病,明月坐自行车被风吹一下就会感冒发烧。因为身子弱,她平日吃不了肉食,只吃一点面条和素菜,这让她更加瘦弱。看着一天天饱受疾病折磨的明月，一家人七拼八凑了1万元钱,让父亲带着明月来青岛治病。

一天在食堂,她遇到了明月的父亲,见他只要了一个馒头,就着清水吃下去,她说:"您一点菜都不吃吗?"他不好意思地说:"钱省下来给明月看病,我吃好吃孬都不是事儿。"说着嘴角勉强挤出一丝笑容。他起身离开的时候,轻轻地叹息了一声。这一声叹息,让她有一种冲动——她要帮帮这个年近60岁、为了给养女治病艰难度日的父亲。

她偷偷找到明月的主治医生,得知手术费需要3万元左右。可是她自己一下子也拿不出这么多钱,何况自己的父亲还没有完全康复,怎么办呢?思来想去,她突然有了主意,一丝笑意划过她的嘴角。

"在医院新认识了一个小朋友,她叫明月,今年6岁,患有先天性心脏病,出生七八天就被亲生父母抛弃了,被临沂一对农村夫妇收养,本周要做开胸手术,可是手术费还没有凑齐,他们家经济条件非常不好……"6月30日,她在自己的微信朋友圈里,第一次将明月的故事发了出去,同时也在同事微信群里说了这件事。

没有想到的是,信息发出后没多久,朋友们都开始询问明月的情况,第二天,朋友们就开始给她汇钱了,少的100元,多的1000元,有的想捐款,但不能立即把钱打过来,她就先按他们要捐的数额垫上。短短一天,就有十几个人捐款,连同她自己捐的1000元,总共是10101元。

拿到钱后,怎么给明月的父亲呢?如果明着给,她害怕会给他造成不必要的压力和负担,好事也许会变坏事。她又想到了一个办法,再一次找到明月的主治医生,要到明月的住院号,把钱存了进去。那一刻,她如释重负般,心里感到无比轻松。

她细心关注着明月的住院花费情况,就怕钱不够耽误手术。明月家里带的钱和捐的钱加起来总共2万元,还剩1万元没有着落,凑不够手术所需的3万元,明月的手术就不能按时做,怎么办呢?她很着急。7月1日,明月被推进了手术室,她很高兴,也很奇怪,原来是医院从中韩医疗团申请了1万元的补助。这下她安心了。

她像亲人一样焦急地在重症监护室外等待,终于,明月能吃第一顿饭了,她比中了头彩还高兴。她给明月买了各种学习用品和玩具,有空的时候还陪她聊天,她说,孩子心情好才能恢复得快。

她叫麻玮,来青岛陪床,偶遇先天性心脏病女孩,发微信引来十余朋友捐万元善款,将爱心汇聚。

1 条微信,10101 元,一个姑娘,一片爱心,就像炎夏中的一杯清爽冰凉的柠檬茶,带着诱人的味道,化解掉陌生和病痛,将美好扩散。陌生人之间的关爱难能可贵,与利益无关,体现的却是人与人之间纯如白雪的人间至爱。

一条微信,虽是举手之劳,可是引起许多好心人的共鸣,每个人献出一点爱,便汇聚成了爱的海洋。

小冰棍儿

闫荣霞

如果没有乌云，我们就感受不到太阳的温暖。

—— 约翰

"小冰棍儿"守在急诊室外的塑料长椅上，浑身发抖，两手冰凉。因为姥姥在里面抢救。

小冰棍儿是人家给她起的外号，15 岁的女孩，几乎从来不笑。

白大褂来到跟前，她抬起头。医生严肃地说："……""扑通！"小冰棍儿晕倒了。

他还什么都没说呢。

当她醒过来，发现自己躺在沙发上。白大褂正写病历，看她醒了，直截了当："你姥姥的……"

"你姥姥的！"小冰棍儿嘴快地回了过去。

医生笑喷了："我是说你姥姥的病……没事了，去看看她吧，203 病房。"

小冰棍儿上学去了，医生来到姥姥的病床前，然后，知道了小冰棍儿父母早逝，姥姥靠捡破烂供她读书。从失去父母时起，她就不会笑了。于是，姥姥出院那天，小冰棍儿发现这个笑起来有点贼贼的医生开着车等在门口。小冰棍儿警惕地看着他，他慢吞吞地说："上车吧。"然后把她们送回家。

后来，他请她们到他家做客。他家客厅里挂着一张照片，照片上的人和小冰棍儿出奇地像。这是医生的女儿，比小冰棍儿大三个月，去年因病去世，医生的妻子怕睹物思人，出了国，家里只剩下他一人。医生说："见到小冰棍儿的时候，他觉得是女儿又回来了。"

后来,他就常常来小冰棍儿家,每次都带些补品,又给小冰棍儿买辅导书。

一天早晨,姥姥闭上眼睛,再也没有睁开。当大叔医生赶来的时候,小冰棍儿抱着姥姥,神情呆滞,一动不动。医生慢慢蹲下身子,握住小冰棍儿冰凉的手指,在她耳边轻轻说:"小冰棍儿,姥姥没有吃苦。她走得很安详,没有吃苦。"

他反复地、温柔地、一遍一遍地说,直到小冰棍儿干涸的眼睛渐渐流下眼泪,一滴,两滴。

半年后,小冰棍儿考上大学。四年后,她以优异的成绩毕业,开始用自己的工资还助学贷款。

小冰棍儿拿到第一个月的工资,想去拜祭一下姐姐,医生尴尬地笑。"啊,"他说,"那个,其实吧,我根本没有结婚,也没有女儿。墙上挂的是你的照片。我想帮你,又怕你害怕,就想了这么个笨办法……"

小冰棍儿瞪着他,不说话,空气仿佛都凝固了。

渐渐地,她开始笑,医生也开始笑。

两个疯疯癫癫的大笑着的人仿佛是两朵开在春天里的花。

世界是暖的,人心也是。我们每个人都有责任宣扬这种小善。那些善意的谎言真的很温暖。

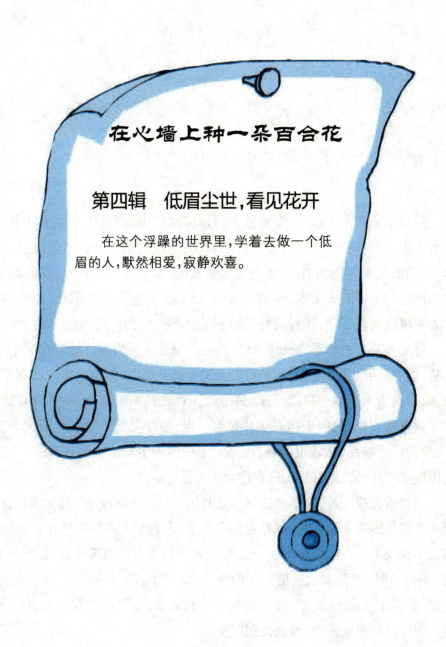

在心墙上种一朵百合花

第四辑　低眉尘世,看见花开

在这个浮躁的世界里,学着去做一个低眉的人,默然相爱,寂静欢喜。

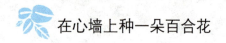
迟到的儿子

李代金

无言的纯洁的天真，往往比说话更能打动人心。

——莎士比亚

飓风桑迪袭击了纽约，造成整个城市停水停电，而且使大半个城市处于积水之中，许多房屋被淹，许多人需要救助，全城的消防人员紧急出动，展开营救。消防员汤姆得到消息，多莉太太家被淹，需要有人去救她。汤姆赶紧开着冲锋舟前去多莉太太家。多莉太太的家门紧闭，怎么也推不开。原来，多莉太太在屋里关紧了门，汤姆只好大声叫她，她才来打开了门。

可是多莉太太却不肯离开，她反而往屋里走。汤姆告诉她待在屋里十分危险，他必须带她离开这里。多莉太太说要离开可以，但她必须先找到相片。原来，多莉太太早就可以离开家，只是她一直在找一张相片，一直没有找到，这才一直待在家里，由于担心相片被水冲走，她才关紧了门。对于一个正常人，要找一张相片，当然很容易，可是对于失明的多莉太太而言，在一片狼藉的屋里找相片，那就太难了，简直像大海里捞针。

汤姆听说找相片，急了："这都什么时候了？你还找相片？赶紧走吧！"汤姆一把抱住多莉太太，就往屋外走去。可是，多莉太太却拼命挣扎，嘴里还叫着我不走我不走。虽然汤姆力气大，但也被多莉太太折腾得够呛，差点摔了一跤。到门口时，多莉太太一把抓住门框，不肯松手，还叫汤姆放下她。汤姆见此，只好放下了多莉太太。他知道如果不找到那张相片，多莉太太肯定不会走。即使强行把她带走，她也会跑回来。

汤姆想，这张相片肯定有故事，于是他便问了多莉太太。多莉太太告诉他，她的儿子戴维斯很多年前失踪了,从此杳无音信。她十分想念他,不知道儿子是否还活着,她常常为此流泪,最终眼睛失明了。相片上的是她儿子,那是儿子留下的唯一的相片,只有凭相片才可以找到她的儿子,所以相片不能丢失。原来如此。相片的确非常重要。汤姆赶紧在屋里找相片。可是到处一片狼藉,虽然汤姆眼睛明亮,但也难找。汤姆一间屋一间屋地找,找遍了整个屋子,还在污水里摸遍了,也没有找到那张相片,说不定相片已经被水给冲走了。这可怎么办啊?没有找到相片,多莉太太就不肯走啊!汤姆急得都快掉泪了。突然,他笑了,他身上有一张卡片,不如就骗一回多莉太太吧。想到这里,汤姆掏出了那张卡片,他兴奋地叫道:"找到了!找到了!"听说找到了相片,多莉太太笑着伸出了手。汤姆赶紧把卡片塞给了她。多莉太太捏着卡片笑了。

汤姆见多莉太太笑了,便上前扶着多莉太太走出了屋子。上了冲锋舟,多莉太太对汤姆连声道谢,说多亏了他,要不是他,自己怕是找一整天也找不到相片。多莉太太还告诉汤姆,如果找不到相片,她宁愿死在屋里,也不愿意离开。儿子是她的一切,这张相片也是她的一切,她要和相片在一起。听多莉太太如此说,汤姆知道她真的太想儿子了。可是这么多年过去了,她的儿子还没有回来,是死了吗?汤姆希望他活着。

一周过后,汤姆在报纸上看到了多莉太太的寻人启事,原来,她又在寻找儿子,据说这已经是她第五次登启事寻找儿子了。这次,多莉太太为了登寻人启事,花费掉了她所有的积蓄。她说她不久于人世,她唯一的希望,就是能够见儿子一面。汤姆希望戴维斯活着,希望他能看到这个消息,能回家看看自己的母亲。如果他再不回来,那么他可能永远都见不到多莉太太了。如今的多莉太太,因为病痛的到来已变得不堪一击了。

这天下午,汤姆和同事们聊天的时候,一个同事拿着报纸,说到了多莉太太的寻人启事,说戴维斯早就死了,是救人时在河里淹死的,还说许多人都知道他死了,但没有人告诉多莉太太真相,怕她经不起这个打击。因为戴维斯是她唯一的亲人,是她唯一活着的希望。汤姆听了很难过,他早就怀疑戴维斯死了,果然是死了。可是年迈的多莉太太,她可不能死啊!想到可怜的多莉太太,汤姆的眼里一下子就涌出了泪水。

　　黄昏时分，一个男人走进了多莉太太的家。他一走进屋就叫着："妈妈！妈妈！我回来啦！"多莉太太听到叫声赶紧走出来，她什么也看不见，但她听到了脚步声，她感到有一个人正一步一步地走近她。终于，那个人走到了她的身边，然后紧紧地抱住了她。多莉太太的眼里有了泪水，哽咽着说："孩子，您可回来啦！妈妈想您！妈妈想您！""妈妈，对不起！我回来得太迟了！以后，我再也不离开您了！"此刻，说话的人正是汤姆。

　　我们大概经常也会这样骗别人，为的是让别人安心；也大概会被别人骗到，为的是让我们安心。

波特的儿子

追梦人

慈父之爱子,非为报也。

——淮南子

波特年纪大了,几乎每天待在家里,很少出门。需要买点什么,就打个电话给邻居赫本,让赫本替他带回来。赫本是个热心人,自从搬来和波特成为邻居后,就对波特无微不至,把他当家人看待。波特看在眼里,喜在心里,十分感激,说要是儿子有他这么好就好了。波特告诉赫本,他有一个儿子,一直在外地,他很想念儿子,但儿子却总是不肯回来。赫本让波特别担心,说他的儿子不回来,自己就当他的儿子,好好照顾他。

这天,波特在家里闷得慌,不想麻烦赫本,便自己拄着拐杖出门,准备散散步。可是刚走出家门不远,他就摔了一跤,跌倒在地上,痛得晕了过去。赫本当时正好在家,听到波特的惨叫声,赶紧跑出门来,见波特倒在地上一动不动,连忙拨打了急救电话。很快急救车就来了,把波特接到了医院。经过医生的全力抢救,波特被抢救过来了,但他人却神智不清。自从波特住进病房后,他就不停地叫着:"儿子!儿子!儿子……"

赫本听到波特叫儿子,心里一紧:波特太想他的儿子了!可是他的儿子到底在哪里呢?他可从没告诉过我啊!赫本想,也许波特的家里有他儿子的电话。赫本赶紧回到波特的家,他很容易就找到了波特的电话簿,他翻了翻,认为有几个人可能是波特的儿子,便连忙拨打过去,可是他们都说自己不是波特的儿子。打完了电话,赫本心想,他们真的不是波特的儿子吗?他们得知波特摔倒了住院了,可能怕麻烦自己,不愿意承认吧!

赫本叹了口气,无奈地走出了波特的家。赫本又回到了病房,他又听到波特在叫着:"儿子! 儿子! 儿子……"赫本听了心里很不是滋味,波特太想他的儿子了! 赫本决心满足波特的愿望。当天晚上,赫本把一个男人带进了病房。男人一进病房便扑到波特身边,一把抓住波特的手,眼含热泪,激动地喊道:"爸爸! 爸爸! 爸爸……"波特虽然神智不清,但他却听到有人叫他爸爸,他面带微笑地说:"儿子! 儿子! 儿子……"

看到这一幕,赫本笑了:波特终于不用再想儿子了,儿子就在他的身边! 这天晚上,波特的儿子在他身边守了一夜。第二天一早,儿子走了。儿子走时说他很忙,以后有空再回来看他。此后,儿子再也没有出现过。倒是赫本请了假,不去上班,天天守在波特身边照顾他。儿子来过了,波特再也不想儿子,再也没叫儿子了。半个月后,波特的身体康复了大半,他神智清醒了,于是他出了院。他不想再待在医院里,他怕花钱。

赫本把波特送回了家。赫本让波特以后别再独自出门,说想出门就打个电话给他,他陪他一起出门。赫本还说有事随时给他打电话,说只要有空他就会过来看他。看到赫本真诚的笑容,波特微笑着点点头,还说,"您要是我儿子就好了!"赫本听了无奈地一笑,波特的儿子太不像话了,父亲一把年纪了,丢下不管不问,却跑到外地去逍遥自在地过日子。赫本心里说:波特先生,您就放心吧,我就是您儿子,我一定照顾好您!

由于波特的身体比以前更差了,因此赫本来波特家更频繁了。然而,波特还是出了意外。一天晚上,波特下床上洗手间,不小心摔倒在地。第二天早上,赫本去波特家看看,一进屋便发现波特躺在地上,赶紧上前去扶他,却发现他已经去世了。赫本顿时掉下了眼泪,他埋怨自己太粗心大意了,波特一把年纪了,他夜里应该来看看他,甚至陪他一起睡觉。由于赫本联系不到波特的儿子,只好自己花钱把波特先生的后事处理了。

把波特的后事处理好后,赫本便天天盼着他的儿子能回来继承他的财产。可是却一直不见波特的儿子回来。也许,他根本就不知道波特已经死了;

也许,他知道波特死了,但他却不好意思再回来。他没有尽到一个儿子的义务,不好意思面对邻居们。当然,也许波特的这点财产对于常年在外的他而言,微不足道,不值一提。这天,赫本来波特家里打扫卫生,却在波特的枕头下面发现了一封信。赫本赶紧拆开信,只见上面写着:

亲爱的赫本:对不起!我欺骗了您,我并没有儿子,也没有亲人!自从你们一家成为我的邻居后,对我无微不至,我以为你们想打我财产的主意,便说我有儿子。后来见你们对我是出于一片至诚,我才知道自己错了。从此,我便把您当成了我的儿子。在医院里我叫儿子,其实叫的就是您啊,而您却找了人来冒冲儿子。我知道您是以为我真的有儿子,真的在想儿子!谢谢您!您是我的好儿子,我所有的一切都是您的。波特。

赫本看完信,不由得惊呆了:天啊,原来波特并没有儿子!波特早就把自己当作了他的儿子!突然,赫本明白了,上次波特摔倒了住院,他之所以急于出院,不听医生的劝告,是不想把钱花在医院里,是想把这笔钱省下来给他。波特知道自己没有太多财产,而他对他一直无怨无悔地付出与照顾,自己应该给他留点东西,这才算对得起他,这才算是一个合格的父亲。想明白了后,赫本顿时泪流满面:"爸爸!爸爸!爸爸……"

不管是怎样的曲折,但是在那一刻,我想他脑子里只有两个字,那就是爸爸。爱就是这样伟大。

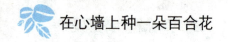
神奇的预言

入世无尘

一个尝试错误的人生，不但比无所事事的人生更荣耀，而且更有意义。

——萧伯纳

杰布喜欢画画，可他却总是信笔涂鸦，还不挑地方作画。这不，不但自己家里的墙上、门上布满他的作品，就是邻居约翰牧师家的墙上门上也布满他的作品。每次约翰看到杰布在他家的墙上画画，便上前阻止，然后将墙上的画全部抹掉。没抹掉还好，一抹掉，倒是给了杰布信笔涂鸦的空间。没几天，墙上又布满了杰布的画。

如果不抹掉，那些画在墙上会影响美观。于是，约翰只得一次次把墙上的画抹掉。抹到后来，约翰厌烦了，便将此事告诉了杰布的父亲杰克，希望杰克管管自己的孩子。杰克对杰布多次批评，可杰布依然我行我素。没办法，杰克只好自己一次次将杰布画在约翰家墙上的画抹掉。约翰见老是这样，也不是个办法啊，长期下去，这墙经不住画，经不住抹。

这天，杰布又在约翰家的墙上兴奋地信笔涂鸦。就在杰布画得高兴的时候，约翰从外面回来了，杰布心想这次又被约翰逮住了，肯定没好果子吃。没想到约翰不但没有教训他，反

而还上前认真地欣赏着他的画，然后笑着对他说："嗯，你画得挺好！进步不小哇！我看啊，以后你肯定能当画家！"

杰布吃了一惊："你说什么？以后我能当画家？"约翰认真地说："我敢肯定，以后你一定能当画家！"杰布顿时高兴地跳了起来："哦，我能当画家，太好了！太好了！"约翰笑着说："墙上的这些画，别叫你爸爸抹掉了哦，它可是画家的作品，将来有价值！"杰布蹦蹦跳跳地回家去了。约翰见此笑了。

从此之后，杰布再也没有在约翰家的墙上画画了。每天，杰布都待在家里，用笔在本子上画画。

让约翰没想到的是，赶走了调皮的杰布，又来了一个捣蛋的大卫。大卫喜欢打架，他身强体壮，总是欺负别的孩子，大家都不喜欢他。没多久，他就没有伙伴了。这下，无聊的大卫开始捡石子砸窗玻璃玩。许多人家的窗玻璃都被大卫砸烂，约翰家也未能幸免于难。

约翰在窗玻璃被砸后找到了大卫家。为此，大卫被父亲狠狠地批评了一顿。当然，大卫对约翰怀恨在心。这天，大卫趁着约翰家里没人，将约翰家的几扇窗玻璃全都给砸烂了。就在大卫得意扬扬的时候，约翰回来了。

大卫见自己被约翰逮了个正着，顿时就慌了，心想这次肯定完蛋了。出乎意料的是，约翰不但没有教训他，反而还指着被砸烂的窗玻璃对他说："瞧，你砸得真准，力道十足！我想，要是你练习扔铅球的话，将来肯定能当冠军！"

大卫眼睛一亮："你说我扔铅球的话，将来能当冠军？"约翰认真地说："我敢肯定，以后你一定能当冠军！"大卫顿时高兴地跳了起来："哦，我能当冠军，太好了！太好了！"约翰笑着说："冠军是不能砸窗户的，否则就犯规了！"大卫点着头说："我知道,我知道!"大卫蹦蹦跳跳地回家去了。约翰见此笑了。

从此之后,大卫再也没有扔石子砸谁家的窗玻璃。每天,大卫都到公园的一个角落扔铅球。

杰布从没有停止过画画。每次别人问他为什么这么专心,他就将约翰的话告诉别人,说他将来能当画家。别人听了就劝杰布说那是约翰骗他的,可杰布不信,他说:"约翰是认真的,他是牧师,他不会骗人!"

大卫也从没有停止过扔铅球。当然,也有人问过他这事,他跟杰布一样地回答别人:"约翰是认真的,他是牧师,他不会骗人!"

20年之后,杰布真的成为了一名出色的画家,而大卫也真的赢得了扔铅球的冠军。有一天,他们相约着来看望约翰。此时的约翰已经老了,面对两个有成就的年轻人,他笑呵呵地将他们迎进家门。

杰布首先开口说:"约翰先生,您的预言真准,您说我能当画家,我真的当上了画家!"大卫赶紧接口道:"是啊,您的预言真准,您说我能当冠军,我真的当上了冠军!"约翰笑容满面地说:"你们有了出息,我替你们感到高兴!"

杰布问道:"约翰先生,为什么您能预测到我的未来呢?"大卫接口道:"约翰先生,您就告诉我们真相吧!"

见两个年轻人着急的样子,约翰笑着说:"说实话,当时的你们,实在令人讨厌,可你们并非无药可救,只是没人给你们指明一条道路。我只不过是给你们指了一条路。而你们,相信自己,并且为之努力,这才实现了我的预言!"

　　杰布和大卫顿时恍然大悟,原来约翰的预言并不神奇,它只是一盏灯,照亮了通向未来的道路。他们相信这盏灯,沿着它所照亮的路坚持走下去,这才成就了他们的辉煌。但是,他们仍然非常感激约翰先生,因为是他的预言才让他们满怀希望地走进了美好的今天。

　　人生路上难免迷茫,庆幸的是,当我们快要放弃的时候,遇到一些好人,说了一些鼓励的话,然后我们就有了动力。这样真好。

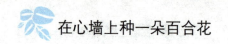
"一半"的公益经

张珠容

对人来说，最大的欢乐，最大的幸福是把自己的精神力量奉献给他人。

—— 苏霍姆林斯基

顾客买东西，支付了全额的钱，商家却短斤少两，让顾客只拿到一半的商品，这在许多人看来是一种欺诈的行为。但在巴西圣保罗市的几家连锁超市，这种买一得半的行为却很受欢迎。

发起买一得半经营方式的正是连锁超市的老板安德雷·桑托斯。数年前，热心善良的安德雷在圣保罗市开了几家连锁超市。刚开始，这几家超市的生意都非常不错，但随着时间的推移，周围开超市的人越来越多。在异常激烈的竞争下，安德雷超市的门前逐渐冷清下来。

奇怪的是，看着越来越不景气的超市，安德雷不但没有采取打折促销的措施，反而交代店员在包装水果、蔬菜和另一些食品时只需放进一半的量。更离谱的是，他在这些只有一半商品的包装盒贴上了全额的价签。店员们很不理解，让顾客们买一得半，老板想让超市早点倒闭吗？

店员们猜对了，安德雷是想让超市的生意早点结束，但他并不是在赶顾客走，而是想在超市关门前做件善事。原来，安德雷除了是连锁超市的老板，还是巴西一个公益组织的成员，平日里，他一直在关注一个群体——圣保罗市郊 6~18 岁的低收入家庭子女。多年来，安德雷经常到这些低收入家庭走访，发现他们的子女都有不同程度的营养不良。

安德雷给了这些孩子许多帮助。超市里很多离保质期还有好几天的食物,经常都被他送给孩子。但是,需要帮助的对象太多了,安德雷觉得自己实在有心无力。他想到超市快经营不下去了,又联想到人们经常把没吃完的半盒食品丢进垃圾桶,于是突发奇想,推出了买一得半的活动。

但这个活动开始的第一天,安德雷的善心就被人误解了。虽然超市墙壁上的海报注明顾客所付金额的 50% 会用于帮助营养不良的儿童,但许多顾客还是议论纷纷,有人半信半疑,有人觉得这是在欺诈顾客。那天打烊时,安德雷深深反思了自己的行为。

是的,仅凭空着一半的食品盒和墙上的海报确实难以让顾客信服自己是在举办公益活动。安德雷也考虑到自己做的是现代公益,这与传统慈善有着很大的区别,后者往往侧重富豪的施舍,而前者更强调民众的参与。他想,如果被援助者能一改含泪被动等待好运降临的形象,积极投入到公益项目的实施过程中去,那么人们将会更深刻地意识到施与受是平等的,助人与自助本是同一枚硬币的两面。

整理好思路之后,安德雷决定让被援助的孩子参与到自己的活动中来。当天晚上,他让店员在每个超市腾出几平方米大的地方,并在这块区域和超市之间竖立起一面玻璃墙。第二天,安德雷外出走访低收入家庭,带回了十几个瘦弱的孩子。安德雷的想法是,让这十几个孩子在那块几平方米大的区域专门切分和包装食品,做些力所能及的事务。

第三天,安德雷连锁超市里的买一得半活动重新展开。进入店内的顾客发现,墙上的公益海报被撤掉了,空着一半的食品盒

里却多了一行字："请您抬头看看玻璃墙里孩子忙碌的身影,您手上的这盒食品包装正是出自他们勤劳的双手……"几乎所有顾客看到这句话时都把目光投向了玻璃墙那里,他们看到墙里面正在劳作的孩子虽然瘦弱,脸上却洋溢着灿烂的笑容。

这一次,买一得半的活动举办得非常成功,很多进入超市的顾客都直奔活动区域购买食品。他们有的买各种果蔬,有的只买高价食品,也有的只买半盒白菜。但这在安德雷看来都一样,因为他觉得买一得半的活动宗旨是"莫以善小而不为",哪怕你捐的只是半棵白菜,也是实实在在的心意。

不过,令安德雷没想到的是,在举办这个公益活动的同时,自己超市的生意也被慢慢带动了起来。原本他计划一个月内结束所有超市的经营,可现在任何一家连锁超市的营业额都远远超过了竞争对手,想关门都关不上了!

乐于施舍,乐于奉献。自己就会得到得更多。这世间上唯有善心可以帮助到自己。

一张 VIP 卡

怜子

画龙画虎难画骨,知人知面不知心。

——蒲松龄

那年春节前夕,叔叔和几个朋友开了一家宾馆。开业前,他特地给我家送来一张刚做好的黄金 VIP 卡,也邀请我们全家去参加他们的开业典礼。

在开业仪式上,叔叔骄傲地向人们介绍了他的哥哥——我的父亲,那时候父亲正和几个朋友合伙开着一家黏土矿,正值火爆。人们都非常羡慕他们兄弟俩,哥哥有那么好的弟弟,弟弟有那么好的哥哥。

那年夏天我要参加高考。考前一个月,叔叔就在宾馆准备了一间套房专门供我复习和休息用,直到高考结束。那时候我们家庭聚餐或者是父亲矿上的应酬都在叔叔的宾馆,但是都没用过叔叔给的那张 VIP 卡,因为叔叔特地交代他们宾馆只要父亲签个字便可。那时候,叔叔有空就会去家里看我们,包括我要去南方上大学时,也是他送我到学校,还帮我办理好入学手续。同学们都说我有一个好叔叔,我自己觉得有时他给我的依靠比父亲

还多。

大学里的第一个假期回家的时候我特地为叔叔买了一些南方的特产。叔叔把它们带在车上,放在家里最显眼的位置,逢人就炫耀地说是他侄儿在南方读大学买给他的。

大学第一个暑假回家的时候,出了车站,发现只有父亲一个人在等我,让我更惊讶的是,父亲竟然是骑自行车来的。原来在两个月前,父亲的黏土矿突然发生地陷,所有的开采设备在一夜之间全部陷入地下。后面请了很多挖掘设备开挖,结果在挖到一半的时候发生了第二次地陷,部分挖掘设备也陷了下去。就这样短短的两个月间,父亲赚钱的黏土矿没有了,变成了一堆债务。父亲跟我说这些的时候推着车子看着前方,我看不到他的表情,看不到他的眼神,他平淡的语气像是在述说别人的事。那天,我们用自行车驮着行李箱从车站走回家,但是我感觉是从一个世界走到了另一个世界。我清晰地记得,父亲那天穿了件白衬衫,记得他后背微微沁出的一点汗印,记得他推着自行车跟我说话的样子。

过了两天,父亲的那几个朋友决定举家到南方去闯荡。走的那天,他们一起吃饭,就在叔叔的那家宾馆。饭局的后面几个人都哭了,我第一次见一群大老爷们泣不成声。最后结账的时候被告知父亲的签字不再有用,我给叔叔打电话他没有接。后面是妈妈去找邻居借钱过来结的账,她还带了那张黄金VIP卡,享受了最大的折扣,这也是我们第一次用那张VIP卡。

后面就再也没有见过叔叔,也没有电话联系,也没有听到父母提起过他,就好像从来就没有过这个叔叔一样。父亲进了一家企业做了一个普通员工,我们家就过起了靠父亲薪酬的小日子。虽然不如从前充裕,却更有幸福感。

大二暑假的时候,远在乌鲁木齐的阿姨回来探亲,父亲安排他们住在叔叔的那家宾馆,当然是用了那张VIP卡。在阿姨的记忆中叔叔跟我们很亲,所以还特地给他带了礼物,结果那份礼物最后也还是没有送出去。看到我们现在的处境,阿姨走的时候留了张卡给妈妈,当然是她回到乌鲁木齐才告诉妈妈放卡的地方和卡的密码。那天父亲拿着那张银行卡和那张 VIP 卡看了好久。

转眼之间就到了我大学最后一个寒假了,我们全家正准备着过春节呢,突然涌进来一帮人。原来是父亲当年一起开矿的朋友,他们现在又发了家,现在回来给父亲拜年。其中一个居然是在我读大学的城市,还说让我毕业后直接去帮他管理公司。过完春节,他们就张罗着在我们市为我父亲开一家公司,还利用他们之前开矿时候的关系帮父亲开了一家运输公司。挂牌开业的那天,叔叔突然来到我家,死缠烂打地让父亲去他的宾馆举行了开业仪式。

大学最后一个暑假回家的时候,一出车站就看到叔叔在出站口,上了车才发现父亲也在他车上。到了家母亲才告诉我,知道要放暑假,叔叔便天天来问我什么时候回来,见今天父亲去接我,便非要一起去。见家里堆满叔叔送来的东西,我知道他又像以前一样对我们亲热了,但我们却并没有因此而觉得高兴,特别是父亲。那天叔叔还请我们全家吃饭,席间他边喝酒边讲起小时候他和父亲的故事,讲到小时候父亲怎么带他出去玩,怎么在爷爷面前护着他,还有在他读书的时候老去学校偷偷给他零花钱。讲到这些的时候,他一个人拿着酒杯不断地喝着,脸红红的,但眼神很迷离。

大学毕业后我最终留在了大学时的城市,那年父亲突然说他和母亲要来陪我过年。等他过来才知道他已经转让出那家运输公司,准备留下来做点小生意陪我。南方的春节没有雪，但有比雪还要冷的雨。那天父亲要我陪他散步，走到离市中心不远的一个路口，他指着一个商铺说以后他和母亲就在这开一家小商店，安心的过他们的小生活。说完，父亲从我手中接过伞，递给我一张卡，并要我随身带着，在得意的时候多看看它。我接过来卡一看，正是叔叔当年送我们的那张 VIP 卡，我看了下办理日期，正好五年，不差一日。

人心隔肚皮。我突然觉得这不就是赤裸裸的讽刺嘛！总是有这样的人嫌贫爱富，阳奉阴违，在别人发迹的时候靠拢上来，在别人落魄的时候悄然离开。有些人的嘴脸注定是丑陋的，我们需要认清。

我曾出现过,原来不渺小

眷尔

好的文字有着水晶般的光辉,仿佛来自星星。

——王小波

我曾站在高楼上往下望,下面的树木和人都变得特别渺小。朋友在后面托着我的脚,风吹着我的头发,散乱着飘扬。我说,你还记得安妮宝贝曾经写过的一句话吗?她说她站在陕西路的立交桥上,喜欢背靠着栏杆仰下去,她说她看见了大片大片的云朵,她说死亡一下子都变得不可怕了。朋友一脸担心地看着出了神的我说,你快下来吧,别老是和普通人不一样,这样怪危险的。

我转过身,笑了笑,搭着他的肩膀跳了下来,着陆。

别人都觉得我们写字的人是多么神秘遥远,好像我们的世界只有秋月春花,我们只会感叹人间不寻常,甚至他们还会用一些特别虚幻的想法套装在我们身上。

其实不是。我们写字,不光为了展示自己的才华,更多的是一种告知,一种想法。

我是个不善于表达自己的人,因为有一些感情表达不出,也深究不来,我更多的是愿意把它们写出来,将我的想法融在文字笔触中,世间这么大,总会有一个人和我产生共鸣,他会深深记得曾经有一个写东西的人,她

的××文章感动了他。

即便那个和我产生共鸣的人，在看完文章后的下一秒随手将杂志扔进了垃圾箱。没什么关系，只要他看到了，在那一刻有一些交集的火花，就够了。

我们忙碌在这个世界上，从来没有停歇过。

你曾想过吗？一个清静的午后，在一家法式情调浓郁的coffee bar 点上一杯蓝山或者 cappuccino，配些 cheese 或提拉米苏小点心，然后捧着心爱的书，或者敲击着需要写下的内容，这样跟随自己的内心，过着安逸温暖的日子。我们需要给自己一些时间，私人空间，丰富自己，在一个午后。

书上说，一个时时刻刻阅读信息量的人，连走在街上的气质和风度都是不一样的。

所以，阅读，是生命里唯一的光。

有一件衣服，你刚拿到手的时候爱不释手，甚至想一辈子不洗澡就这么穿着它。

有一条路，你曾经走过成百上千次，却始终不知道路边栽的是什么树。

有一个人，你忘了又想，想了又忘，你把她当作过客，丢在记忆最深处，却在如今千帆已过，含泪把那些曾经一不小心遗失的记忆悄悄拾起。

我们正在前行，会有越来越多的遗憾相伴，也会有越来越多的成功照耀。人生就像是一列驶向未知的列车，我们还来不及挥手向过去道别，列车呼啸一声，如风过无痕。

再见，再也不见。

　　而我希望,在看这篇文章的你,多年后能看见一个温和的自己,带着自己多年来积累的想法,撇去浮华世界带来的压抑与烦躁,在世故里找到属于自己的那个清闲午后,享受着大片大片的阳光从落地窗打进来斜扑在你怀里的温暖宠溺。

　　你会发现,新生。在那一刻,坐看云起时。

　　每一个作者,都是感性的,他们笔下的世界是什么样子,那他所看到的世界就是什么样子。愿文字与你常相伴,愿生活一直美好!

人以食分

许家姑娘

我为生存，为服务于人而食，有时也为快乐而食，但并不为享受才进食。

——甘地

许多时候，人是以食物喜好来完成结党成群。

都是食草的，来来来，小山羊、小绵羊，还有白马王子、牛大哥，又高又酷的长颈鹿，咱们站一排。一二一，一二一，走，到阳光下的草地上去，嗅闻青草的香气。

至于肉食性动物，它们深居简出，眼露冷光，匍匐在丛林深处，随时准备纵身一跃。喜欢血和肉的腥气。虎、狮、豹……大嘴，利牙利爪，骨骼高耸，超级敏感。分明是同类，但是各自有各自的山头，各自经营各自的领域，互不买账。

人以食分啊。都是热爱吃海鲜的，见面话投机，几句话就一呼百应席卷海鲜城。大闸蟹人手一个，还要点水晶虾仁、烟熏三文鱼、酱蒸生蚝……啊，还要一人一盏辽参汤。狂嚼猛咽之后，彼此交流心得，然后互传海鲜经，哪家哪家的汤汁调得柔情蜜意，哪家哪家的蒸鱼修得真果……酒后话别："同类啊！"

都是忠心于火锅的,热气腾腾,酒光杯影,酸辛麻辣,都是这么血脉激荡地过来的。羊肉卷、毛肚、牛肉卷、鱼片、腊肉、香肠、鸭血、凤爪、香菜、海带、冻豆腐……一层红辣油,在配菜里波涛翻滚。吃得汗流直下三千尺,吃得嘴歪泪涟涟,要中途停下来歇口气吗?不不不!继续!继续!就要这样酷!流血流汗不收手不撤退,条条好汉!

身边新识的朋友,有的走着走着,就熟络起来了。几餐饭一吃,他们一个个就露出肉食动物的凶悍来。有时,在一起混,混到天黑。天黑去哪里? 去吃烧烤啊! 他们异口同声。为了不暴露底细,我也假装爱吃烧烤,声声劝自己冲吧! 冲吧,男生女生向前冲! 可是,临到桌前,就变节。他们点羊肉串,点骨肉相连,点整只的鹌鹑,点整条的鱼……服务员一串串烤熟,热气烘烘地送来,摆满方桌。我侧身偷眼瞟去,只觉尸横遍野。

肉食,草食,各归各位。

当食肉类朋友浩浩荡荡开去了火锅城时,我像是被秋风卷剩的一片枯萎的叶子,伶仃悬挂枝头。我觉得我活得像个遗物,我站在高枝上招魂,寻找我的同类,同样是一只一只吃素菜念素经的兔子。

每结识一个新朋友,会跟她聊衣服,聊今年的流行趋势。还聊明星八卦新闻。唉,这样漫长的铺垫打探之后,决定话题能否转战到食物上,这将决定他或她是不是我的同类。菠萝、龙眼、冰镇西瓜、空心菜、南瓜头、菱角菜、还有四五月刚上市的藕茎……粉黛三千啊,各个都那么入我眼! 可是,后面忽然冒出驴肉、牛肉……

世有食物,然后有同类知音。

人海之中，找到一个与自己同好某类食物的人，像寻找另一个自己，好难，好远。可是，到底还是能遇上。

慢慢就积攒了这样一帮吃素菜的"兔子帮"，珍重珍重，一同去吃，吃到眼放绿光。

记得纵贯线在一次访谈节目里，罗大佑说，人老了，要有老本、老酒，还有老友。

人以食分，我在满桌佳肴背后，可否能找到一个爱着素菜的你？我们一起退化，退化，用胃来确定你我的坐标位置。

经常说物以类聚，人以群分。今天看到一个人以食分的话题，突然觉得还蛮有道理的。

尊重别人的缺点

林玉椿

我们平等的相爱,因为我们互相了解,互相尊重。

——列夫·托尔斯泰

有位女演员,年轻漂亮,演技精湛,因为担任一部好莱坞大片的主角拿了大奖,回到国内立刻受到大家的热捧,媒体铺天盖地地报道关于她的一切,将她描述得完美无比,访问、广告等业务应酬令她应接不暇。

这天,一个很有名的电视节目邀请她去做访问。按照预先的沟通,节目的安排主要是由主持人就女演员的成长经历、影片的拍摄过程和她的感想等与她进行对话。

一开始,一切按照原有计划正常进行。在主持人的提问下,女演员侃侃而谈,现场气氛轻松而愉快。

可是就在节目差不多结束的时候,主持人突然提议说:"你长得这么漂亮,身材这么完美,大家在电影里都目睹了你的风采,但都没听过你的歌声。今天这么多影迷在现场,我想大家都跟我一样有个强烈的愿望,就是希望你现场为大家演唱一首你最拿手的歌,让大家感受你动人的歌喉。"主持人说到这里,大

声问现场观众："大家说,好不好?"然后将话筒对着台下的观众。观众们马上齐声喊道:"好!来一首!来一首!来一首……"并且掌声如雷。

这项内容并不在原来的节目计划中,女演员被这突如其来的小插曲惊呆了。她愣了十几秒钟,然后尴尬地对着话筒说:"其实我是个五音不全的人,我真的不懂唱歌,希望大家见谅。"

然而她的表态被大家认为是谦虚,现场的掌声更加热烈了,呼喊声也一浪高过一浪:"来一首!来一首!来一首……"主持人也笑着催促道:"你就别谦虚了,你看大家都等不及了。大家是多么希望听到你的歌声,千万不要让观众带着遗憾离开现场呀!"

女演员沉默了好一会儿,咬了咬嘴唇,点点头说:"好吧,既然大家一定要我唱,我就唱了。"

大家都开心地等待着女演员美妙的歌声。

音乐响起来了,女演员唱了起来。

令主持人和现场观众大跌眼镜的是女演员的歌声非常难听,不但跑调,而且连音乐节奏都跟不上。

女演员坚持把一首歌唱完后,台下顿时鸦雀无声。主持人也愣在那里,尴尬至极,不知道说什么好。

女演员扫视了一下大家,从表情中看出了大家的失望,微微一笑,说:"现在大家该相信了吧?我真的是个五音不全的人。本来我不想唱,但大家这么热情,我不唱,大家一定会认为我是在耍大牌。后来我决定唱,也想通过这件事告诉大家,我并不是你们看上去的那么完美,我的一些缺点比普通人还要大。"

一些成功人士看上去非常完美,但其实他们都会有自己的不足之处。学有专长,千万别硬要别人表现自己不擅长的领域,否则就是强人所难了。尊重别人,既要尊重别人的优点,同时也要尊重别人的缺点。

每个人都有缺点,只不过有些缺点是比较明显的,而有些不太明显。可是不论怎么样,我们都不该去嘲笑一个人,这是道德层面的问题。

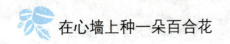

"半"字人生

李玲

人之心胸，多欲则窄，寡欲则宽。

——谚语

"半水半烟著柳，半风半雨催花。半没半浮渔艇，半藏半见人家。"这是明代诗人梅鼎祚的咏春诗《水乡》。四句 24 个字，连用 8 个"半"字，把一个半隐半现、烟雨迷蒙的江南春景图描写得惟妙惟肖，恍惚迷离、缥缈散逸的美感呼之欲出。

在湖南长沙岳麓山爱晚亭至麓山寺之间的山道旁有一座六方形单檐凉亭，名曰"半山亭"。在很久以前，此地原为半云庵之所在，为麓山寺里的僧人们上下山的必经之处。传说，寺里有一烧火僧以"半"字为题，赋诗一首。"半山半庵号半云，半庙半地半崎嵚。半山芳草半山石，半壁晴天半壁阴。半酒半诗堪避俗，半仙半佛好修心。半间房舍半分云，半听松声半听琴。"18 个"半"字将一事一物、一景一地、一心一行的分寸拿捏得恰到好处。住持赞叹不已，立即收该僧人为衣钵弟子，"半"字诗也一直流传至今。

明末清初的李密庵，有一首为人称道的《半半歌》："看破浮生过半，半字受用无边。半中岁月尽幽闲，半里乾坤宽展。半郭半乡村舍，半山半水田园。半耕半读半经廛，半士半姻民眷。半雅半粗器具，半华半实庭轩。衾裳半素半轻鲜，肴馔半丰半俭。童仆半能半拙，妻儿半朴半贤。心情半佛半神仙，姓字半藏半显。一半还之天地，让将一半人间。"他倡导一种豁达从容、知足常乐、随遇而安的生活状态。

　　"半"是一种人生智慧。晚清名臣曾国藩将自己的书房取名为"求阙斋",意在持满戒溢,知足自省,"盛时常作衰时想,上场当念下场时""有福不可享尽,有势不可使尽"是他常诵的格言。中和谦恭,虚怀若谷,顺其自然,日积月累,才能兼收并蓄,为之大成。

　　"半"是一种处世哲学。月满则亏,水满则溢,人满则骄,是先辈留下的至理名言。说话留有余地,做事掌握分寸,把握一个"度","中立而不倚""味让三分,路留一步",不顾此失彼,不剑走偏锋。

　　"半"是一种心灵状态。"半贫半富半自安,半取半舍半行善;半聋半哑半糊涂,半智半愚半圣贤;半人半我半自在,半醒半醉半神仙;半亲半爱半苦乐,半欲半禅半随缘。"人生中苦乐得失参半,善恶悲喜参半,常抱平常心,不消极遁世,不饮鸩止渴,张弛有道,游刃有余,如此才能得"自安"求"自在"。

　　一个人的快乐,不是因为他拥有得多,而是因为他计较得少。原谅别人,就是善待自己。未必钱多乐便多,财多累己招烦恼。清贫乐道真自在,无牵无挂乐逍遥。

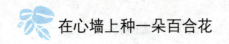
绿色出行慢交通

宋宋

缓慢就是稳妥。

——托·德雷克斯

"慢交通"一般是指出行速度低于每小时 15 公里的交通方式,日常生活中,你是速度的追求者,还是"慢交通"的热爱者和拥护者?

在城市建设飞速发展的年代,人们相对重视的是速度、效率等务实性质的硬指标,很少有人注重健康、环保等隐性安全问题,出门上街,马路上车越来越多,越来越堵,楼越来越高,空气质量越来越差,雾霾天气越来越严重,交通秩序越来越乱……

充耳的是汽车的喇叭声、呼啸声、人声……这是一个喧闹的世界。能开车的人都不走路了,人行道因此越来越窄。会开车的人都不骑自行车了,骑自行车的人寥寥无几。能走路的人都不走路了,都去挤公交,不管几站地,先挤上车再说,公交车上常常是人满为患,插针的地方都没有了……

交通事故更是频频发生,隔几日就听见人说某某出车祸了,隔几日就能看到新闻说哪儿哪儿又发生事故了,听着就毛骨悚然,担心,焦虑,没事儿尽可能不出门,人多车多让人心烦。

常常怀念骑自行车的年代,那时上中学,离家挺远的,父亲给我买了一辆自行车,崭新的"凤凰"牌,相约三五个同学一起骑自行车上下学,放学路上,常常是你追我赶,风在耳边掠过,树被闪到身后,自行车过处,清脆的铃声伴随着一路的欢声笑语。

后来参加工作,依然是骑着自行车独来独往,虽然路程远,有点累,但却身体健康,心灵阳光。

多年后,自行车也不大骑了,不敢骑,路上的车太多,去近的地方大多步行,去远的地方坐车,可是每每路上堵车,心中便烦躁不安。

在慢交通的城市里感受一个城市的人文风光、自然之美和文明进程是一件多么美好的事情,静下心去品味城市的味道,品味时光的悠长,品味生活的美好,那是一件多么令人惬意的事情。

慢交通,慢而有秩序,低碳,环保。让走路和骑自行车成为全民推广的一种出行方式,即安全健康又能兼顾锻炼身体,让绿色出行"慢交通"的生活理念渗透到人们的生活中去,为人类生存的大家园尽绵薄之力,何乐而不为呢?

绿色出行慢交通,就从你、我、他开始!

我们的生活节奏太快了,压力太大了,所以才会那么步履匆匆。慢一点,让生活慢下来,我们会快乐很多。

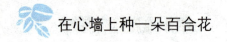

低眉尘世，看见花开

积雪草

> 夫君子之行，静以修身，俭以养德，非澹泊无以明志，非宁静无以致远。
>
> ——诸葛亮

唐代画家周昉的名画《簪花仕女图》，工笔重彩，让人惊艳不已。画中的女子云鬓高耸，鬓上除了簪有步摇一类的饰品，还簪有一朵美丽的鲜花，或牡丹、或芍药、或荷花等。画上的仕女，低眉，眼睛细长，朱唇一点，体态丰腴。

盛装的仕女或拈花扑蝶，或戏鹤逗犬，生活安逸懒散，我注意到一个特点，即便是嬉戏，画中的女子也是大多低眉顺眼，不悲不喜，安详从容，自有一种温婉平和的底蕴在其中。

喜欢"低眉"这两个字。

仰视，自有一股世俗的媚态；俯视，自有一股狂妄的自大；斜视，自有一股傲慢的轻狂；横视，自有一股无知的漠然。唯有低眉，是一种和顺，是一种柔软，是一种淡然，是一种胸怀，内敛，沉静，自然，却自有一股绵厚的力量。

弹琴的女子是低眉的。

弹琴的女子大多含首低眉，十指纤纤，行云流水般的音符便从指间潺潺流出，琳琳琅琅，铮铮入耳。时而小桥清流，温婉细长。时而和风旭日，岁月静美。时而幽幽怨怨，如泣如诉。时而铁马冰河，惊天动地。

弹琴的女子自有一股风流妩媚，神态随琴音行走，如落花随流水，水流弯急便蹙眉，静水深流便安详，一举手，一投足，意蕴十足。

作家张爱玲爱上了一个男人，便成了一个低眉的女子，一直低，低到尘埃里，然而，心里却是喜欢她的，心甘情愿地为那个人付出一切。可是到头来，那个男人并没有因为她的低眉而与她生死契阔，白首偕老。烟花般璀璨的爱，寂灭之后，留下无尽的虚空，低眉世间，萎谢余生。悲凉吗？不得而知，个中感受，冷暖自知。

最是那一低头的温柔，不知是徐志摩笔下哪个娇羞如花般的女子，轩窗前，花架下，春风里，低眉回首间，几分娇怯，几分温柔，几分温婉，几分含蓄。

菩萨也是低眉的。

金刚怒目，菩萨低眉。金刚怒目为降服恶人，菩萨低眉是在倾听世间的千种唉音。世人诉求太多，生老病死，困苦磨难，都求菩萨佑护。作家朱天文在《菩萨低眉》一书中说："菩萨除了不忍看，也没有能力看，所以才低眉的。"

以我之想，菩萨低眉，是有一种大慈悲心，在注视芸芸众生，低眉是一种温暖，暖世间苍生。低眉是一种宽怀，宽世间众人。低眉是一种接纳，纳世间万物。低眉是一种包容，容天下万事。

低眉，是一种姿态。

在光阴里低眉，尘世往来，熙熙攘攘，皆为利来，皆为利往，为情为爱为虚名，为浮云如梦。低眉，是一种姿态，不与人争，不与己争。功名利禄，权贵尊崇，都是一种无形的枷锁，忙忙碌碌，到头来，仍是尘归于尘，土归于土。

低眉，是一种淡然。

在生活里低眉，在柴米油盐里讨喜，一盏淡茶，三两知己，怎么知道这样的生活就没有滋味？听一曲梵音，做一段瑜伽，去寺庙小住几

日,吃几餐素食,喝两杯清水,再回到尘世,烦忧袅袅做烟尘,超然物外为归依。

低眉,是一种胸怀。

在尘世间低眉,那些念念不忘的恨,那些此生不渝的爱,那些让你寝食不安的牵挂,那些让你无时无刻都挂怀的琐事,经年之后想起来,却也只是淡淡一笑罢了。

一转身,就是一辈子,还有什么放不下的。一转身,就是一生,还有什么舍不得的。做一个低眉的男人或女子,花开,随喜;花落,不悲。

在这个浮躁的世界里,学着去做一个低眉的人,默然相爱,寂静欢喜。

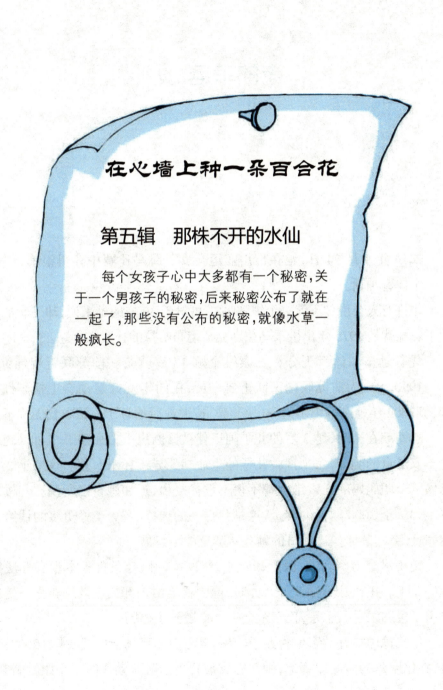

在心墙上种一朵百合花

第五辑　那株不开的水仙

　　每个女孩子心中大多都有一个秘密,关于一个男孩子的秘密,后来秘密公布了就在一起了,那些没有公布的秘密,就像水草一般疯长。

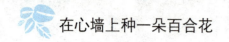
不老的幸运"女神"

清翔

世界上的一切光荣和骄傲，都来自母亲。

——高尔基

2014年9月24日，她在仁川亚运会女子跳马比赛中夺得银牌，创造出了一个体育神话。

也许有人会说："不就一个银牌吗？"可对于39岁的她来说，却是非常了不起了。她就是1975年出生于乌兹别克斯坦布哈拉的丘索维金娜。

凭着勤奋和体育天分，丘索维金娜13岁就荣获前苏联青年锦标赛冠军。1990年成为前苏联国家队重要一员，在同年友好运动会上摘得跳马金牌，到2002年她已赢得了近60块奖牌，按说往后的日子应该衣食无忧了。

然而就在这时，她3岁的儿子阿里什被诊断患上白血病。本可以让后半生丰衣足食的奖金，拿来挽救儿子的生命却无异于杯水车薪。这一年27岁、已做了全职妈妈的丘索维金娜不得不选择复出，正如她自己所说："一枚世锦赛金牌等于3000欧元的奖金，这是我唯一的选择。"为了挣更多的钱给儿子治病，已是高龄体操运动员的她竟然朝全能型发展。

她拼尽全力努力着，医生却对她说，国家的医疗条件根本没有办法拯救她的儿子。正在她不知该怎么办时，德国科隆俱乐部的主教练布鲁格曼向她伸出了援助之手。于是，丘索维金娜全家搬到了德国。

她找德国最好的医生为儿子治病，自己在体育场上鏖战拼搏。2008年11月，在巴塞尔的体操比赛上，她在完成最后一个跳跃动作时不幸跟腱断裂，对于一个 33 岁的运动员来说，这样的重伤基本上就要给运动生涯划上句号。但是她却"不"，经过一段治疗和休养后，于 2010 年广州亚运会上，人们又看到了这位短发干练的女子。

有人说，母爱太伟大了！她的一句"你未痊愈，我不敢老"，不知曾打动了多少人。幸运的是，她的儿子在 2006 年病情已基本痊愈，开始上小学。她跟腱断裂后完全可以退役，可她依然要在运动场上搏击；现在她的儿子已是非常健康，她也仍然活跃在体操赛场上。

当年，阿里什在德国医院住了两年后病情逐渐好转，为了能赚到更多的钱，也是为了报恩，丘索维金娜决定改换国籍代表德国参赛。她曾说："做出这个决定很难，但如果没有德国体操界人士的帮助，我的儿子可能早就离开了人世。"

2006 年世锦赛上，她为德国获得跳马铜牌，以及全能第九名。在随后的欧锦赛上她夺得跳马冠军，成为夺得单项冠军的年龄最大的女选手，也是德国女队时隔 23 年之后再次赢得欧锦赛体操金牌。

丘索维金娜同时也不忘回报养育她的祖国，2008 年受伤后，她曾有过退役的想法，但她还是做了乌兹别克斯坦的体操教练。在当年的广州亚运会上，她曾对记者说："乌兹别克斯坦是我的祖国。当他们需要我的时候，我毫不犹豫就答应了。"

她的教练处子秀是成功的，乌兹别克斯坦体操队在她的带领下获得女团铜牌，对于这个体操并不普及的中亚国家来说，这枚铜牌的重要性不言而喻。

因此丘索维金娜成了体坛的常青树，曾 6 次参加奥运会、10 次参加世锦赛，此次的仁川更是她第 4 次站在亚运赛场上，她用她 39 岁的高龄诠释着一个体坛不老的神话。

她还梦想参加 2016 年巴西里约热内卢奥运会。

丘索维金娜被中国网友称为真正的"女神"。2014 年 9 月 26 日，她飞往南宁参加 10 月 3 日开幕的体操世锦赛。当记者谈到"女神"的话题时，丘索维金娜灿烂地笑了，说："如果被叫作'女神'，那是我的荣幸。"

爱是不老的神话，有着伟大的母爱，知道感恩，且能做到永不放弃心中的梦想，也就能拥有一分荣幸，成为自己的"神"，创造出一个神话般的奇迹。

人性因母爱而伟大，这个故事我看了不知多少遍，每一次都觉得是感动的，她的心态一直是年轻的，可是我们好多人都老了。

17岁的山地车

佟雨航

勇敢不是一种美德，无知的人才会一往无前，如果明知道后果还要豁出去，一定是有什么东西蒙住了他的眼睛。

——辛夷坞

17岁那年，我上高中一年级，正是情窦初开的年龄。青葱年少的我，偷偷地喜欢上了班里一个叫安琪的女生。知了聒噪的夏天，校园池塘边的大榕树下，安琪身穿一袭白色长裙坐在树下看书，那样子既文静又纯美，很是让我着迷。

我家和安琪家住在同一方向，每天放学的路上，我俩在一起走。一路上，我和安琪有说有笑，一边走一边谈论着学校里发生的趣事或某一位老师的轶闻。那时，我觉得能和安琪一起走路、一起说话，是一件非常幸福和快乐的事。

喜欢安琪的男生，当然不止我一个，比如魏海洋。一天放学，我和安琪刚走到学校大门口，一阵"叮铃铃"清脆的单车铃声在我俩身后傲慢地响起。"嘎吱"一个急刹车，魏海洋左手捏着刹把，右脚脚尖点着地面，跨坐在崭新的单车上，得意洋洋地看着我和安琪。魏海洋冲着安琪努了一下嘴："安琪，上车，我带你！"安琪便像一只快乐的小鸟儿，一屁股坐在魏海洋单车后座上，甚至都忘了和我说声"再见"。魏海洋不屑地扫了我一眼，然后很得瑟地死命按着车铃，左右摇摆着身躯一路猛蹬。我万分失落地望着他俩的背影，渐渐地淹没进车流人海中。

自那以后，安琪不再和我一起走了，魏海洋天天放学用单车带着她回家。放学路上身边没有了安琪的日子，我觉得走路都寡淡得像白开水无滋无味。我当然不甘心就这样放弃。我知道安琪还是喜欢我多一点的。我发誓我要夺回安琪的心，让她重新和我在一起。于是，我决定让母亲也给我买一辆新单车，而且是更新型的山地车。我知道这不是一件容易的事。在那个年代，对于我家这样的家庭，买一辆山地车并不比时下买一辆轿车要轻省多少。但我有信心能让母亲答应我。我回到家里冷着脸对母亲说："妈，我需要一辆山地车！"母亲讶然地看着我，然后柔和地说："行。等咱家有了钱，一定就给你买！"我任性地说："不，我现在就要。"母亲摊

开双手："可咱家现在没钱。"我坚持："那我不管！反正我现在就要，没有山地车我就不去上学……"母亲愕然地看着我好一会儿，然后深深地叹了一口气儿。

我知道，只要我坚持，母亲就一定会输。果然，母亲最后还是答应了我的非分要求。几天后，母亲一大清早便搭上便车赶去了县城。傍晚时分，母亲一脸疲惫地搬回来一辆崭新的山地车。我在院子里，围着我的新单车，兴奋不已。却没有发现，母亲脸色苍白如纸，人倦得像秋天里一片枯萎的落叶。为了能带安琪，我特意找修车师傅给山地车加装了后座。第二天，我骑着那辆崭新炫酷的山地车，像一颗耀眼的流星一般划过校园，引来同学们艳羡的目光。下午放学时，安琪早已等候在学校大门口，她冲我嫣然一笑，然后轻轻一跃便跳上了山地车的后座，丢下魏海洋一个人望着我们欢快的背影气急败坏。那段日子，我一直沉浸在一种莫名的幸福里，把山地车的铃声拨弄得一路欢歌。

一个星期后，姐姐从母亲的上衣口袋里翻出了一张县红十字血站的卖血单据，看那日期正好是母亲去县城买山地车的那天。原来，我的新型山地车竟是母亲用卖血的钱买来的。那天，我抱着母亲的双腿，哭得痛不欲生。自那以后，我再也没有骑过那辆新的山地车，安琪不停地追问我："你怎么不骑

山地车了？我还等着你用它载我呢？"我一边加快脚步一边淡然地回答："因为我没有资格骑它。"

　　17岁的那辆山地车，碾过了我懵懂无知的青葱岁月，也彻底埋葬了我自私、任性和贪慕虚荣的青春。它让我重新认识了自己，并发誓一定要走好以后的人生路。

　　少年时的我们总是叛逆、执拗的，总要经历些什么才会反思、成长。我想，这大概就是青春的意义吧。

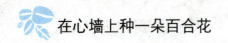
是谁在夜里跑步

漠泱

我知道这世上有人在等我，但我不知道我在等谁，为了这个，我每天都非常快乐。

——佚名

耿小柔是在一款网络游戏里认识毕俊的。

同一个行会，组队下副本，行会频道上，毕俊经常看到耿小柔说话。妙语连珠，豪爽大气，开朗明媚。毕俊便有了印象，一起刷 BOSS 时，毕俊更是发现耿小柔颇有大姐风范。

俩人有点一见如故的感觉，便经常互动，后来就加了 QQ，报了彼此的真实姓名。毕俊说："耿小柔，你这性格跟这名字有点不搭嘛，我觉得你叫耿小强更合适。"

耿小柔就发了个鄙视的表情给毕俊，顺便去了毕俊的空间。毕俊空间是有很多个人照片的，毕俊也的确英俊逼人。耿小柔说："看来毕俊你是对得起自己这个名字的。"

可毕俊去耿小柔空间，一张照片也没有。只有一些耿小柔写的日记，看样子，有些才气，当然，这一点毕俊在平时跟耿小柔的交流中就感受到了。

聊了半年多后，毕俊对耿小柔说："我有了自己的游戏工作室，不如你来我这做事吧。"

耿小柔沉默了很久，后来还是坐了 20 多个小时火车去投奔毕俊了。

2

在火车站,耿小柔远远就认出了毕俊。

他在出站口四处张望,直到耿小柔走到他面前拍拍他叫他名字。四目相对,毕俊虽然笑得很热情,耿小柔还是感觉到了他眼底的一丝惊讶和失望。耿小柔没有说话,这种眼神,耿小柔看过很多,而且远比这个力度大。

因为耿小柔的确配不上她的名字,耿小柔是个身高不足 155 厘米,体重却近 80 公斤的胖姑娘。

但是耿小柔很坦然,她有恰到好处的幽默或冷幽默,自我调侃和自黑都非常高能。因此她说:"毕俊你是不是大失所望? 不过你要知道,胖是一时的,丑才是一世的,所以不必太惊讶。"

毕俊笑了,提了她的行李带她去坐车。

耿小柔在毕俊的工作室住了下来。三室一厅一百多平方米的套房,十来个员工,一间做工作间放电脑。其余的房间也不够用,毕俊便自己睡在客厅里。

耿小柔后到,也没有单独的房间,毕俊打算再看看楼上楼下或附近有没有房间。耿小柔就说,得了,我也睡客厅地铺就是。

毕俊想说,那不方便也不安全,但是看了看耿小柔,又住了嘴。

耿小柔就自己动手,在客厅拉了个帘子,隔开了通往其他房间的门和毕俊的床位。毕俊的表情,一直有些僵,但热情周到也礼貌。耿小

柔夜里想了想，第二天起床，就拍着毕俊的肩说："哎，哥们儿，给我什么职务？"

毕俊的表情放松了下来，安排了事情给耿小柔，耿小柔便正式上了班。

3

耿小柔庆幸自己在游戏里完全无视了毕俊对她的异样情愫，也庆幸自己没有表现出任何对毕俊的喜欢，即使那个事实在很早前耿小柔就确定了。

这个男人，睿智，感性理性并存，温和，没有偏见，有上进心。混杂着成熟男人和孩子的特性，也并存着女性般的温柔和善解人意。

耿小柔想，自己来找他，鼓起了那么大的勇气，即使不提爱情，待在他身边也是好的。

于是，耿小柔白天跟毕俊和同事们谈笑风生，她跟毕俊单独相处时，则是没有正形，扯东扯西或是聊与游戏相关的正事，但从不泄露一点喜欢他的用意。

看着女汉子一般的耿小柔，毕俊正式叫她为耿小强。并且开始与她无话不说，直至毕俊说，他爱上了同学的女朋友。

耿小柔发现，毕俊常常在夜里爬到楼顶，坐在天台上抽烟。耿小柔站在通往天台的门边，努力用阴影挡住自己胖大的身子，看着毕俊那张在夜色灯光里英俊却无比忧伤的脸。

耿小柔的心,就隐隐作痛,不知是为自己,还是为毕俊。

夜深人静,凌晨三点,耿小柔听到布帘外毕俊轻微的不均匀的鼾声,实在无法入睡。耿小柔轻轻起身,下楼来到街边。

南方的夏夜,凌晨时分还有许多夜摊小吃热闹开着,一些喝醉的人相互搀扶或是戏闹争吵。耿小柔沿着街道一圈一圈地跑,跑到天色微明,坐在马路边上喘气。有时候,耿小柔不知脸上到底淌着的是汗水,还是泪水。

4

到了白天,耿小柔就是耿小强,耿小柔对自己说,即使夜里忧伤绝望,天亮了,一切也是有希望的。

的确,到了白天,毕俊会主动找她商量游戏里的事,会叫她一起去买菜回来做饭,会带她去城里好吃的餐厅。毕俊喜欢跟她说话,也喜欢跟她相处,但是耿小柔明白,毕俊不想跟她恋爱。

耿小柔仍然在夜里持续失眠,然后在凌晨悄悄下楼跑步。有天夜里,毕俊醒来,见到刚从外面回来的耿小柔,吓了一跳。

毕俊问:"你这么大半夜跑出去干吗? "

耿小柔说:"我跑步减肥呢。"

毕俊说:"你不会早一点跑啊? 多不安全。"

耿小柔没有说话,钻进卫生间洗澡去了。镜子里,耿小柔看了看自己,解嘲地说,怎么也看不出自己半夜出去和白天出去有什么区别,有什么危险存在? 而减肥,对自己来说,又是一个多么漫长而无望的课题啊。

耿小柔间断地跑了几个月,直到毕俊发现,他同学似乎并不够爱自己的女朋友,然后两人就有点戏剧性地分手了。同学做负气状地扔下女朋友远走他乡,托付毕俊说:"你帮我照看一下她,过阵子,她也就忘记我了……"

同学的话意味深长,毕俊没有回答。但是耿小柔发现,从此后,毕俊的时间少了,他忙着去安慰自己爱着的人了。

耿小柔仍然像耿小强一样地活着,努力工作,热情开朗。直到毕俊把那个爱着的人也带回了工作室。

耿小柔依然在凌晨下楼跑步,但她发现自己一点也没瘦下来。耿小柔觉得累了,她辞了职,告别了毕俊,回到了自己原来的地方。

回去后的耿小柔,还是习惯在夜里三点起床跑步,也发现自己在吃饭时,总是难以下咽。后来,耿小柔发现自己终于瘦了一些。她很开心,对最好的闺蜜调侃说,哪怕只是为了变瘦,我们也得继续相信爱情。

是的,不管什么时候,我们都要相信爱情,不论你曾经付出了多少,被伤害了多少,我们都要相信爱情。

蓝琳琳的心里，藏着一个秘密

张觅

暗恋是一种自毁，是一种伟大的牺牲。暗恋，甚至不需要对象，我们不过站在河边，看着自己的倒影自怜，却以为自己正爱着别人。

——《南风》

蓝琳琳十八岁时，拥有了一个甜蜜的秘密。

像是一滴清澈水滴忽然落入心湖，激起一圈又一圈的涟漪，于沁凉空气中，荡起无声的回响。

她清楚地记得那天傍晚，茵茵草地，蓝天白云。琳琳坐在草地上，看几个女孩子在学校的草地上放一只浅蓝色的风筝。风筝轻轻巧巧地滑入蓝天，气流平稳地托住它，高高飞翔在白云间。琳琳仰头看见那风筝越飞越高，像是绘在白云上的精致贴纸一般。琳琳觉得很快乐。

琳琳就是在这时，听到那个声音的。

校广播站传来的声音，浑厚、低沉，融进了那温暖得要使人落泪的夕阳，照到琳琳脸上。琳琳望着远远青铜色静静的岳麓山，听那声音遥遥地飞向青山，忽然觉得茫然、惘然，而又怃然。

那个声音缓缓讲述了一个美丽而忧伤的爱情故事。琳琳静静听着,眼里便渐渐含满了泪。她忽然觉得听着那声音,莫名的温暖和安心,几乎要睡着了。

想起冰心的一句话:"雨后的青山,像泪洗过的良心。"是不是哭过以后,一切就又能重归清澈与美好,就像雨后的青山般清朗?

故事徐徐地结束了。琳琳还沉浸在那个忧伤的结局里。忽然听到广播里流泻出《冬季恋歌》的主题曲《从开始到现在》,那是她所喜欢的干净纯粹的爱情,冰雪一样洁净清凉。末了,歌里咏叹调般的女声低徊:"你真的忘得了你的初恋情人吗?假如有一天,你遇到了跟他长得一模一样的人,那真的就是他吗?还有可能吗?这是命运的宽容,还是另一次不怀好意的玩笑?"

这是命运的宽容,还是另一次不怀好意的玩笑?

那个初夏,琳琳刚好读大一。

琳琳喜欢一个人漫步在校园的林荫道上。下过雨后,树叶被濯得越发青碧可爱,那种微微却馥郁的清香却在雨后湿润沁凉的空气立刻溢满整个校园的上空。

在这样雾似的清香里,琳琳独自走着。傍晚,踏着长长的影子,听那广播里传来的已是极为熟悉的声音。从头顶的树叶上不断滴下来晶莹剔透的水珠已无意争春。

有时,抬起头来,看那温暖的夕阳,不经意间已镀红了天边。周围是年轻活泼的面孔,鲜亮的衣着,喧闹的声音。可琳琳心里却是一派宁静,洁白清新。

她只听得到那个声音。

一字一句,落到她心里,仿佛就在瞬间,心便像荷花一样绽开了。

琳琳想起看书时看到希腊人形容爱琴海是醇厚的酒一般的颜色,忽然觉得这个比喻也极适合来形容那个声音。那真的是酒一般醇厚的声音。

拥有这样声音的,会是怎样一个男生?

深秋的时候,金黄的落叶瑟瑟铺满了校园,秋日明净的蓝天。大二的生活也开始了。这时,广播站开始招新了。

听到这个消息时,琳琳正靠着大树仰望那树叶缝隙里一双双蓝色眸子般的天空,忽然心止不住狂跳起来。她这才发现其实自己真的很想很想知道拥有这个声音的主人,会是怎样的模样?

于是,便去了。录音室里,看到一个男生在那里调音。听到那声音,琳琳的心怦然而动,是他!

他取下耳机,站起身,转过头,微微一笑,天哪!多么清秀的一张脸!琳琳只觉得自己一阵恍惚,几乎以为是在梦中了。

那个男孩温和地开口说话。琳琳一句话也没听清楚,只觉得阳光异常的明媚,空气里仿佛开满了一大朵一大朵的栀子花。

忘了是怎样的一个过程,她微微低着头,轻声念起纸上的文字。阳光静静地笼罩在她橘黄色的毛衣上,青春洋溢,玲珑剔透的脸,是青春才有的清灵。

琳琳被录取了。

她在进广播站的第一天,发现站长换了一个女生,清秀男生已经不在,他已经大四,开始要实习找工作了。

琳琳有些失望,又有些惆怅。

不过她却爱上了广播。每天戴上耳机,听自己的声音犹如清澈泉水流淌,是件快乐的事情。

夕阳的光芒照进录音室,金色细小的灰尘在空气中沉浮不止。她总是莞尔一笑,想起不久以前,他在录音室里安静地录音,而她在香樟树下仰望在蓝天白云间穿梭的浅蓝风筝,心中一派平和喜乐。

　　她常常借了他留在录音室里的带子，放在录音室里听。一遍，又一遍。渐渐也能听到他的消息。他已经保研，却又放弃，执意去北京工作，因为北京有他高中时就开始喜欢的女生。

　　知道这一点，不知道为什么，她的心宁静又温柔，一如从前。

　　那个不能说的秘密，就此深入心湖之底，成为一颗温润的、凝聚着年少记忆的琥珀。

　　也许，这样也很好。

　　每个女孩子心中大多都有一个秘密，关于一个男孩子的秘密，后来秘密公布了就在一起了，那些没有公布的秘密，就像水草一般疯长。

那株不开的水仙

怜子

一种遗憾，其实可以被放得很大很大。它可以成为你生命中的一个阴影，影响到你的生命质量。

——于丹

认识女孩是在高中时，那时的男孩孤芳自赏，目无下尘，但还是屈服在女孩清纯的笑容下。后来他在写给女孩的文章中说，是她让他发现自己只是攀在废墟上的野花而非大树。

那样压抑的生活中，他们互诉那个年龄特有的烦恼。男孩是个喜欢浪漫的人，也是一个喜欢制造浪漫的人，总是用一些浪漫的故事点缀他们的生活。

体育场无瑕的雪地，最先印上去的总是他们的脚印；绵绵春雨中只有他俩躲在古朴的伞下漫步校园；夕阳西下的时候他们长长的影子又印在校园旁的林荫路上；花园里第一朵蔷薇盛开的时候他们总在旁边；最后一朵丁香凋落时也是他们在守候……

在他们在一起的最后那个冬季，男孩送给女孩一株水仙，一株还未开放的水仙。他说很多美丽只有守候才会出现。女孩把花养在房间里，小心地呵护着，连换水也要自己来，生怕妈妈不小心给弄伤了。

终于有了花骨朵，女孩别提有多兴奋了，那晚她的眼睛一刻都不舍得离开花，好像稍不注意花就瞬间开了。看着看着女孩就睡着了，在梦中她看到她的水仙开花了，很是漂亮，花瓣月光般洁白。

那晚确实开花了，不过不是女孩的水仙，而是雪花。第二天，女孩就被冻感冒了,她好起来的时候,水仙的花骨朵却蔫了。再后来,那株水仙就不会开花了。

他们之间有着让人羡慕的默契,从来不用说明什么,总会在那个时候那个地点"巧遇"。他们从没有争执过,甚至没出现过分歧,男孩的观点女孩总是支持,女孩说什么男孩都认为是对的。

女孩说跟他在一起总会有浪漫的故事,或许只是无意间的一句话,男孩却铭记在心。

男孩极力去维护这种生活,当然是默默的,那时他也以为这种日子会一直延续下去,就像每天都会升起的太阳一样。直到有一天清晨醒来面对的是全是陌生面孔的大学校园,一直把生活局限于女孩的他一片茫然不知所措。那年女孩还在读高中。

大学的生活让一直以来都活在浪漫中的男孩在茫然之中明白生活是由浪漫和现实组成的,缺了一个就不会幸福。好比幸福是所归宿,现实是硬装饰,浪漫是软装饰,少一个这所归宿就不完整。

于是他开始为丰富物质生活而努力,努力不是想想或是说说就行的。男孩每天回到宿舍时其他同学已在做梦了,他起床时人家还在做梦,人家在复习功课,他还要出去奔波,就连考试也是同学打电话叫他回来的……

后来女孩也上大学了,不过是在另一座遥远的城市,当然这一切他也是默默的关注。

毕业那年凭着丰富的工作经验他很轻松地在一家效益不错的公司应聘到了一个自由且待遇不错的职位,而且还在家乡与人合伙开了一家公司。女孩毕业后想回家乡他们就回家乡料理公司,若女孩想待在其他城市他就把公司卖了跟女孩到她想去的那个城市,凭他现在的能力到哪都会很容易发展的。

做好了一切准备,男孩给在家等毕业的女孩打电话,虽然时隔多年,虽然只是接通时的那一个"喂"字,女孩还是一下就听出了是他。

没有埋怨,没有责怪,亦没有欣喜,依如当年的平静,仿佛之前约好了一般。

"走出巷子,左转,闭着眼,往前走 100 步。"男孩在电话里对女孩说,"记住,一定要闭着眼。"

女孩依如当年般听话,她穿着紫色的棉布裙子,北方的春天还是有些冷,还是男孩喜欢的长发。男孩的车就在 30 米远的地方,他计算过了那正好是女孩一百步的距离。

"偏左了,往右走一点,再左就要撞墙了。"男孩依着车为女孩看着路。女孩家住的是小洋楼,这 30 米要穿过三条巷子,过了这三条小巷就从当年的浪漫走到了幸福,男孩这样想着,因为如今他可以给她幸福了,完整的幸福。

"66、67……"女孩在电话里数着,再过一条巷子就到了,男孩回身打开车门,他想等一下女孩走到车门旁就可以直接上车了。那些当年写满他们脚印的地方男孩一直都没有去,他认为那是他们的,他不可以单独去的,今天他们可以去了。

就在他打开车门的时候突然听到女孩的一声尖叫,回过头来女孩已经倒在了地上,一个学骑自行车的小男孩从巷子里冲了出来撞在女孩身上,女孩的腿被划开一道口子,血正往外流,更严重的是她的头重重的撞在了硬硬的水泥地上昏了过去。

第三天的时候女孩醒了,医生说她脑袋里有淤血,可能会压迫神经导致间歇性失忆。男孩去看她的时候,女孩的母亲对女孩说多亏了这位年轻人啊,是他把你送到医院还每天来看你。女孩抬头看看男孩,目光在他脸上停留了一会,男孩期待着她喊出他的名字,然而终究没有,女孩只是轻轻地说了声:"谢谢。"

那天男孩第一次喝醉,独饮自酌。他计算错了,浪漫与幸福的距离不止 100 步,还有意外!

后来女孩就回学校去了,因为她大学的那段记忆还在。

男孩跟来了,在女孩所在的学校旁边开了一家花店,他不像其他人那样在橱窗摆满了开的正灿烂的玫瑰和百合,而是放着几盆未开的水仙,如果有哪株开了,他就把它挑出来。

他还把水仙放到冰箱里冻,希望冻出一株不开花的,然而不是冻死了就是只延迟了花期。

女孩经常从花店经过,每次都会看一眼那些没开放的水仙,也只是看一眼。男孩只能无奈地看着她一次次的从橱窗经过。

那时男孩明白了,很多东西,我们握在手中才有呵护的资本。

或许有一天女孩会恢复记忆,或许有一天男孩会放弃,但是哪一天会早一点到呢。

是的,握在手里的才有资本,好好珍惜好好爱,因为我们不知道明天和意外哪个先来。想爱就去追,不要等待,含蓄已经不适合这个时代了。

第一百朵玫瑰

燕子南飞

毫无经验的初恋是迷人的,但经得起考验的爱情是无价的。

——马尔林斯基

他立在深秋的暮色里,忽然感到内心无比悲凉。

他想起 50 年前他还是一个意气风发的青年,一转眼,却已霜染双鬓白雪盖头。他不知道这时光是否也将他变得面目全非,一想起来就有些吓人。不过投眼过去,他看到浅水塘的风景依旧,不大的水面,秋水鳞波含情脉脉,湖边依旧是挤挤挨挨的堤柳。现在,因为秋风光顾,那些柳叶不胜寒凉,开始飘落,一些叶子还落入水中,成了蚂蚁的诺亚方舟。

就在昨晚,他接到当地电视台记者的电话,得知她终于答应与他相见,时间定在今天下午 16 时,地点选在小城公园里一个叫浅水塘的湖边。接到那个电话后,他坐立不安,激动得一夜未眠。

为了见她,一时兴起的他想把白发染成黑发,再到花店预订 99 朵玫瑰。他把这些鲁莽的想法给记者说了,想征求一下他的意见,记者听后没说好,也没说不好,只是不停地鼓励他,这让他信心倍增。

今天早晨天一亮他就出去了。下午的时候,他西服革履,手捧一束鲜花来到公园。时间尚早,趁她未到,他在公园里遛起弯儿。踩着当年走过的小路,摸着当年拂过的柳树,想一些往事。他想起几十年前,这里曾是他们的初识地。那时候他才 20 岁,正上大学,适逢暑假,闲得无聊,便随一个同学慕名到此小住几日四处游玩。那天同学有事早早离开了,他便独自漫步湖边,恰好遇到了她。她着一身红裙，站在湖边一棵柳树下吹笛子，笛声哀婉，有几分寂寞与哀伤在里面。他循声而至，站在她身后，默默地听她吹奏。直至她回过头来吃惊地看他。第一眼，他就仿佛听到爱情之花开放的声音，他对她一见钟情。很快，他们就互诉衷肠、坠入爱河。再后来，他离开了，仍然不断写信给她。不久，一件家族事务把他卷入一场官司之中，家道败落，他莫名其妙地锒铛入狱10年。从监狱中出来后他觉得再也没有脸面见她，便下定决心永远不去打搅她的生活。这样一晃过去了很多年。直至近日，他感觉人生暮年，时光不多，才又念起了她。他从北方来到南方小城找她，还托了当地的电视台找寻。经过一番周折，他才得知她的一些信息，知道她安在，家庭幸福、儿孙满堂。

时光在煎熬中慢慢流逝，走累了，他手捧99朵玫瑰，望向公园门口，立在夕阳中翘首企盼。他还有几分当年玉树临风的样子。当然，他脑海里全是她当年顾盼生辉的青春丽影。他低头看了一下手表，时间就要到了。记者也把电话打来说，她要到了。他紧张得手心全是汗。

他就站在当年她吹笛子的柳树下等她出现。

突然，他听到公园门口一片喧闹，举目望过去，他看见一群穿红裙子的姑娘说说笑笑，向他这边走来。远远望去，像一团团流动的火焰向他扑来。他眼眶里瞬间满是泪水。

姑娘们来到他身边的时候，纷纷向他问好。他直愣愣地站在原地不知如何是好。不过，他很快回过神来，开始在姑娘堆里寻找着那个心目中的她。可是人太多，把他的眼睛都看花了。再后来，每一个姑娘从他面前走过，他就送她一枝玫瑰。他看见那些得到玫瑰的姑娘，捧着玫瑰，激动得脸颊红扑扑的，悄无声息地从他面前离开，远去。

夜幕降临的时候，浅水塘终于安静下来。他独自站在风中，两手空荡荡的。他回味刚才的一幕，仿佛又一次回到年轻时光，内心失落且惆怅。

他知道，她定是不想见他，她不想破坏在他心中的美好形象。

回去的路上，他向电视台的记者打去电话，表示感谢。他说，见到她了，还是当年的样子，很满意。

回到宾馆后他开始整理衣物,他决定第二天就回去。这次来访,他心满意足了。

忙碌中,他忽然听到一阵急促的敲门声。走过去开门,一位穿着红色裙装的姑娘站在他面前。

姑娘手捧一枝玫瑰,来为他送别。

他觉得姑娘似曾相识,细细端详,那眉眼与神韵,像极了当年的那个她。

一时间,他手捧玫瑰,幸福得"呜呜"哭了起来。

姑娘是代奶奶而来的,姑娘说,奶奶要送他一枝玫瑰,并祝他一路平安。

第二天,他带着那枝满含情意的玫瑰,心满意足地回去了。

其实,他要找的那个人偏瘫在床多年,连脑子也糊涂得不认识人了。姑娘没说这些,记者也不愿告知他残酷生活的真相。

> 每个温柔的秘密是需要我们呵护的,像是呵护一段美好的爱情一样。

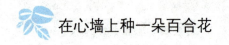
露水和单车

唐风

爱的不是那个人,是那份纯真的感情。执着的不是那个人,是那份美好的回忆。过不去的是情,不是我们。

——佚名

我一直都喜欢自行车,就如同喜欢一道美丽的风景一样。这也许是因为 20 多年前,一辆普通的自行车帮我找到真爱的缘故。

那时候,我还是经济系的大三学生,在学校宿舍里住了两年后,我和室友格蕾西在离学校几条街的地方租了一所漂亮的旧房子。合租这所房子的还有另外三个男生,我们五个人将一起住进这个新家。

我是在一个保守的家庭里长大的,在我谈男友和约会这些事上,我爸管得很严。我以前从没敢想过爸爸会允许他的女儿和三个男生同住一所房子,格蕾西告诉我爸,我们可以把那所房子分成两个套间,我们和男孩们有不同的进出大门和洗手间,他这才同意。

就这样,1993 年 1 月,我们找人在这所房子里打上了一道分隔墙,不久就住了进去,开始了我人生中最难忘的一段时光。

三个男生对我们很好,像哥哥一样。他们在图书馆里学习,和我们一起在后院里做烧烤,轮到给大家洗碗时也会抱怨。我们两个女孩会喝好多茶、吃好多烤面包,一直聊到深夜,聊天内容经常是以严肃话题开始,后来就漫无边际了。当然,我们会谈起所有女生都津津乐道的话题——男生。

和我们同租的有一个与众不同的男生,他叫约翰,文静,但是有责任心。

所有人都喜欢他,不过我们对他也有些敬而远之,反正我是这样想的。约翰少言寡语,而我是个话多的女人。正因如此,我一直不是很清楚他脑子里想的是什么,同时又希望他对我的想法知道得少一些。他虽然内向,但是我从他的身上看到了一个男孩应该拥有的最宝贵的品质。

在一个寒气袭人的上午,我穿着件法兰绒睡衣,牙还没刷,站在晾衣绳下晒衣服。这时,约翰走过来,说要和我谈一件严肃的事情。那是我们俩第一次正式的交谈,约翰张口第一句话是"嫁给我"。我没想到他会突然说出这句话,一时哑口无言。我没嫁给他,起码在那时候没有,但是我们确实交上了朋友。

我们的学习都很紧张,又住在同一所房子里,所以我们也是以特有方式谈着恋爱。在约会前,我不会手忙脚乱地扎头发、化妆,经常会穿着睡衣、牙也不刷就给他开门,时间太紧,我们没时间计较这些,两个人谁也不会装模作样。

相处了一段时间之后,我冷静下来思考着,觉得这段感情似乎应该结束。我们虽然处得不错,但好像只是在为了约会而约会,我不知道他是否能成为我的"另一半"。我对做这个决定还没有思想准备,所以就提出了和他分手。他听到我的话后,回到他的屋里,沮丧得一拳头打进了衣橱门里(这是很多年后他告诉我的),而我对此一无所知,虽然心里有些不安,可还是相信自己的决定是对的。我们像往常一样,和对方礼貌地同住在一所房子里。

几个月后的一个清晨,我比平时早醒了一会儿,听到窗户外面有声音。自行车是学生最喜欢用的交通工具,我们几个人的自行车平时都并排停放在离我的窗户不远的地方。烦人的是,自行车也同样是小偷的最爱,所以我一听到动静马上想,肯定是有人趁天还没亮在偷我们的自行车。我悄悄地掀开了窗帘的一角,向外面瞧着,却只看见约翰正拿着一块抹布在擦我的车座。

我问他在干啥,他回答:"给你擦自行车。"显然很尴尬。"擦它干吗?"我问。

"因为车子湿,早上有露水。"他回答。

"可我的车早上从来都没有露水。"我说。他接下来的一句话让我的心瞬间融化,那句话比一千句信誓旦旦之词都更有分量。正是那句话让我相信,这个少言寡语的男孩就是我要找的"另一半"。他说:"我知道,因为我每天早上都会把它擦干。"

三年之后,我真的嫁给了约翰。我喜欢自行车,因为是自行车一次次地提醒我:真正的爱情是不求回报的给予。

真正爱是不求回报的,但凡牵扯到利益的爱都不是真的,所以以此告诫那些单纯的女孩子,真爱是难求的,但不是没有。

不完美

孙道荣

有多少美德和缺点是微不足道的。

——沃维纳格

偶然的机会,看到一段视频,是国外一个普通人的葬礼。

追思会上,逝者的妻子上台讲话。她的神情显得肃穆,疲惫。她说:"今天我不打算在这里赞美我的丈夫,我也不打算说他任何的优点,因为这些大家都已经说了很多,也听了很多。"

我不能确定这是哪个国家,但我想,在这样的场合,任何地方的人恐怕都一样,都会说说逝者的好处和优点,还有那些让人们感动的难以忘怀的往事。可是,这位妻子看来有别的话要说。

她接着说:"今天我想和大家分享一些可能让大家感到比较不自在的事。你们都遇到过,早上启动汽车引擎不动的状况吗?"汽车发动不着?还真遇到过,特别是冬天,随着钥匙的转动,发动机发出"吭——哧——"的怪异声,就是点不了火,让人着急、生气,又无可奈何。可是,这与逝者有什么关系?

她稍稍停顿了下,忽然嘴巴里发出"吭——哧——"的怪异声,没错,是她在模仿汽车点不着火时的那种声音。在肃穆的追思会现场,这种怪异的声音,显得如此突兀，而从一个刚刚丧夫的妻子口中传出来，就更让人不可思议。她说："他打呼的声音就像是这样。"原来她是在模仿丈夫打鼾的声音。台下传来哧哧的笑声。是那种忍俊不禁的笑。

她又模仿了两声，"吭哧"，声调更加激昂。这一次，下面的人都憋不住了，发出呵呵的笑声。很多男人的鼾声，就是枕边无休无止的噪音。看得出，大家都心领神会。

"不过，这只是前奏而已，紧接着，他还会继续制造出连绵不绝的排气管音效。"排气管音效，这个比喻真是太搞笑了，台下发出一阵阵大笑声。

看到这儿，我也笑了。说实话，刚看视频时，我的心情还是有点凝重的，观看葬礼嘛，心情哪里会轻松。不过，看到这儿，我脸上差不多已经完全没有当初的凝重了。

逝者的妻子继续说："有时，也因为太大声，连他自己也从睡梦中惊醒，还问：'什么声音这么吵啊？'"

真是太有趣了，太逗了，台下的人笑得前仰后合。我想象着一个男人，张着嘴，鼾声如雷的样子。枕边有个这样的"排气管"，一定苦不堪言，没有一个夜晚能够是安睡的吧？

可是，这不是追思会吗？大家应该神色哀伤，哭哭啼啼，抽抽搭搭，泪流满面才对啊。怎么成了一场喜剧？

"感觉很好笑吧？"她面带笑容问大家。

不少人已经笑得实在受不了了，捂着嘴巴。

她忽然话锋一转，"但是，在他病情恶化之后，这些声音却成为我一种安慰，提醒着我，他还活着。"说到这儿，她咬紧嘴唇。停顿了一会儿，她声音哽咽着说："现在，我再也无法在睡前听到这些声音……"再次停顿。她仰起头，"人生就是这样，携手一生，记忆最深的却是这些点点滴滴不完美的小事情，凝聚成我们心中的完美。"

台下的人，笑容都不见了，每个人都面色凝重，眼含热泪。

我的喉咙也一阵阵发干,鼻子发酸,泪水在我的眼眶中打转。

这个短短两分钟的视频,有一分半钟,我是在笑声中观看的。我没有想到,在最后那一刻,我会被深深地打动。

我复述下这个视频,是想告诉我自己,也告诉我的亲人:人都是不完美的,可是,不要忘了,正是这些点点滴滴不完美的小事情,才凝聚成我们心中的完美。

只是别等到失去了,才想起珍惜。

是的,每个人都是不完美的,正是因为这些不完美,才使得我们的生命变得更加宽广,接纳这些不完美,就是接纳生命本身。

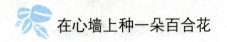

爱是"药石"

奇清

"人间俯仰今古,海枯石烂情缘在",这说的大约就是他们吧！古诗有言:"分定金兰契,言通药石规。交贤方汲汲,友直每偲偲。"朋友似药石,而药石般的爱,更能让人感受到夫妻间的患难情深。

他高大英俊,且性格温和,含蓄沉着,遇事冷静。成年后,曾赢得国内外许多姑娘的青睐。他也是一位出色的地质学家,因为钟情事业,将婚姻大事一拖再拖。直到 34 岁,在别人的介绍下认识了她。

她是江苏无锡才女,天资聪颖,又勤奋好学,英语、法语、音乐皆学得非常好。毕业不久,她随母来到北京,担任北京女子师范大学附属中学的英语教师。

1923 年 1 月 14 日,他和她在北京吉祥胡同踏上婚姻的红地毯,有情人终成眷属。这年她 23 岁。

"病叶常先霣","扶衰赖药石"。一个积贫积弱、病重病危的国家,则需要有人施以猛药奇石,他就是一心要为国家施药石去病衰的志士仁人。然而,顾了国家,却没有了精力照顾家庭。结婚之后,他认为有太多的工作要做,自己且正当壮年,气旺力坚,可谓一寸光阴一寸金,每一分钟他都恨不得当作两分钟来用。

人家小夫妻俩休息日谁不是成双成对上公园、逛商店,他却成天埋头于科研项目中,妻子有意见了,她更是担心丈夫没日没夜的做实验,赶写科研论文会累垮身子。

好不容易盼到了又一个星期天,她便约他一起到颐和园去散散心,放松放松。但他又是那句话:"到了下个星期天一定陪你去。"说着,他拿起一篇要修改的文稿去单位了。

到了下个星期天,他依然食言。当深夜他匆匆赶回家,轻手轻脚走到床边时,见到的却是被子下一块长长的石头。

原来,妻子见他不是和从野外搬来的石头待在一起,就是把自己关在屋里写文稿,根本没把她的话当一回事。"医国妙药石",她想,既然你只关心以药石来医国,那你就和石头一起过日子吧!这天晚饭后,见丈夫仍没回来,于是她在床上放了一块石头,然后抱着只有一岁多的女儿回了娘家,她是要以石头这个药方来治一治他们家庭出现的"病患"。

被子里那冷冰冰的石头倒是让他冷静下来:是啊,工作不可不做,家庭也要兼顾,身体更是不可忽视。从此,紧张工作之余,年少时学过小提琴的他也会拉几首好听的协奏曲给妻子听。"革急而韦缓,只在揉化间。木桃终报汝,药石理予颜。"生活其实和拉琴一样,也要有急有缓,张弛有度,多一些柔情,这也是能护肤养颜调理经脉的"药石"啊!

如此"醒悟"换来的是妻子对他更加体贴入微。1944的6月,他率领的地质研究所为躲避日寇,匆忙离开桂林向西转移,天气炎热,道路险阻,环境险恶,缺粮缺水,他在路上患了痢疾,身体非常虚弱。一路上,妻子想方设法尽可能不让他饿着、渴着。于年底一行人总算辗转流落到重庆,然而,到了重庆她也病倒了。身体刚刚好了一点的他除了工作,还担当起照顾妻子、买菜、做饭、洗衣等一应事情。

这时,地质研究所有好心人提议:由所里安排一个人帮助他们料理一下家务,以渡过眼下的这个难关。可他婉言谢绝了。当妻子埋怨他不该推辞时,他说:"请人来照顾,很难贴心,还是我多吃点苦吧!"原来,他这样做是怕委屈她啊!"人生无物比多情,江水不深山不重",丈夫的深深情义使得她泪雨滂沱。

由于长期劳累,他再次病倒,心脏病发作。"尚惧精神衰,药石以自扶",家里有两个病人,药石成了每天必须要认真对待的大事情。为了避免因工作繁忙而误了吃药,夫妇俩采取了"他扶"之策,即他的药由妻子保管,妻子的药由他存放。这样,也就消除了服药不按时,甚或忘记了服药的情况。

"素弦——起秋风,写柔情,都在春葱",爱与柔情能让人智慧无穷,能使人独树一帜。除了按时服药外,他们还独创了两种疗法:一是音乐疗法,他的小提琴拉得悠扬婉转,她的钢琴弹奏得也相当出色。忙完家务后,妻子会静下心来,品享丈夫的流水般的小提琴旋律;他也会忙里偷闲,听妻子清朗优美的钢琴曲。每当此时,他们的病痛仿佛随着充满着爱与柔情的旋律而逝去。二是钟情事业,他认为,去掉杂念也是一种相当不错的精神疗法。如不需要上医院治病时,他会拄着拐杖,带着罗盘外出散步,遇上值得测量、研究的裂隙和地层露头,他就蹲下去聚精会神地察看、分析。此时,病痛也仿佛从裂隙、露头中悄然遁去。独特的"药石"使得他们病情很快有了好转。

即便在这种情况下,他们也依然要对那些阻挠人类脚步的"病入膏肓"的人施以"药石"。1945年,第15届国际地质学会在伦敦举行。为参加这次学术盛会,身体不好的他决定偕妻子一道前去。4月初,他们到了伦敦,不曾让他们料到的是这一去就是四年。

1949年,新中国成立,远在英国的他们听到这一消息后,激动得彻夜难眠,决定回国参加新中国建设。他们夫妇克服台湾当局的百般阻挠,历经千辛万苦总算回到祖国。

新中国百废待兴,有做不完的事,他总带病工作。1966年,河北邢台地区发生强烈地震,正在病中的他却有个心愿:到灾区看看,同时进行地震预报方面的研究工作。是的,他要给地震这个病魔施与"药石"。妻子不安地说:"你的病这么重,去了恐怕回不来。"他说:"我理解你的心情,但相信你也能理解我。你过去不是经常讲,要全力支持我的事业吗?"她怎么能不支持?钟情事业是丈夫一直以来为他自己治病的"药石"啊!

他赴灾区考察临行时,妻子为他准备了一暖壶面条,他说:"知我者,爱妻也!你一辈子都这样关心我爱护我,我这一辈子无以为报,只能下一辈子仍娶你为妻,还你永远也还不完的债。"

是的,他就是李四光,她是许淑彬。

李四光在生命最后的时刻,只想着两件事,一件是地震预报未能攻克,一件是妻子的身体被自己拖垮了,不知是否真的有下辈子偿还她那让"江水不深山不重"的情义。1971年4月29日,李四光与世长辞,享年82岁。他是她的药石。没了他,她的病也一天天加重,1973年便追随他而去。

一个人把事业当"药石",则担心下药不准确,不够分量,在全力以赴中累坏了身子。相爱的人在相濡以沫中身子骨也会虚弱,两个人由此相互成了对方的"药石",如此爱的"药石",让一分患难深情永驻人间。

不求来世,只求今生好好爱一场。恐怕今生只有一个人可以解救我们自己。

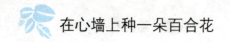

没有短信时的爱情

孙开元

爱情就等于生活,而生活是一种责任、义务,因此爱情是一种责任。

——冈察洛夫

有时候看老电影,看到影片人物错失机会的关键情节,比如一个没能接到的电话,我就不禁会感到遗憾。如今的电子时代,没有接不到的电话了,它每天会在我们的衣袋里响起来。就连那很久以前的恋人,也随时都能在社交网站上看到。

想想电影《日瓦戈医生》吧,日瓦戈在一个城市的大街上偶然瞥见了心上人娜拉,但是还没等他赶到她身边,她已经消失在了视线里,这让日瓦戈心如刀绞。如果故事发生在网络时代的今天,日瓦戈和娜拉绝不会找不到对方,即使失去联系,他们也能在诸如脸书、推特这样的社交网站上成为"网友"。

电影中的这个镜头在我们的生活中也屡见不鲜,在我们无法获得足够信息时,就越发能感受到世事无常。谁都会承认,现代科技让我们的世界变小了,给生活带来了方便。但是同时,现代科技可能也抹杀了生活中的一些神秘感,而正因为有了神秘感,才更能体会到爱情的浪漫和刻骨铭心。

1991年夏天,我疯狂地爱上了一个名叫朱莉的女孩,我是在上大学时和朱莉相识的,那时的她刚毕业不久,在她的家乡伊利诺伊州皮奥里亚市待了几天,计划着下一步人生目标。我和她偶然见了两次面,然后就开始约会,不久之后就难舍难分了。我们不常和朋友在一起玩,两个人在一起的时候比较多,彼此间的了解也越来越深。

但是我早已定好花一个夏天去欧洲旅行,朱莉说她想搬到芝加哥,我们形影不离的日子就要结束了。我告诉朱莉,我会给她写信的,我把自己在英国威尔士的一个朋友家的地址告诉了她，我在旅行途中将去英国看望我的父母。

我乘坐的飞机在德国法兰克福机场降落后，我先后在德国特里尔游览了古罗马遗迹、在法国斯拉斯堡度过了夏至之夜、在瑞士巴塞尔一座足球场观看了一场摇滚乐演出，然后又去了我的祖辈居住的匈牙利布达佩斯，在那里倾听了教堂合唱，并且观赏了艺术大师画作展，那些画作美极了。

但是我的心情很糟，我从没如此感到寂寞过，眼前的美景虽好，可我只想着朱莉。

我独自一人坐在维也纳圣史蒂芬教堂外的一把长椅上，吃着在小摊上买来的肉排，我心里盼望的是能回到皮奥里亚，坐在她的身边。我给她写了好几封信，把我的思念注入了信中，仿佛那样就是在和她携手同行一样。

我到了伦敦和父母见了面，和父母团聚的喜悦难掩我心里的思念之痛。我的旅行走得太远，和朱莉彻底失去了联系，我的心也前所未有地沉入了深渊。我暗自流着泪，魂不守舍、心不在焉地在伦敦待了三天。

最后，爸爸看出了我的心思，坚持让我给朱莉打个电话。于是，我在伦敦的旅店里往美国皮奥里亚打了个长途电话。电话接通了，但是朱莉不在。她的妈妈告诉我，朱莉前些日子带着行李去了芝加哥。我的信放在她家的桌子上，还没打开。

我又给芝加哥打了个电话，但是没人接。那时候，没有电话留言、没有语音邮件、没有来电显示能让她知道有人给她打过电话，只有电话机在她那个空无一人的房间里响过。我没有任何办法知道她去了哪儿、什么时候回来。我开始怒火中烧，怀疑她已经移情别恋。

我还在欧洲，在一座座古迹前胡思乱想，她是不是在芝加哥街头，遇到了另一个让她心动的男人？我甚至荒唐地想，她说不定会回到了皮奥里亚，正在等待着我回去，但是，我只能承认，那只能是我的一相情愿。

第二天，我和父母开车去了威尔士，在那里没看到朱莉的来信，我的心再次乱得一团糟。我身在威尔士，身边环绕着葱绿的群山和欢跳的小羊，可我的心却在地球另一面的芝加哥。

父母把我送上了回伦敦的列车，以便让我从那里坐飞机回家。但是到了伦敦希思罗机场，机场人员告诉我，父母给我买的那张双程机票只能从巴黎登机，所以我只好去了英国多佛，在多佛又坐船穿越海峡去法国巴黎。

那条船上坐满了一同去法国的学生，我们在法国加来港下了船，坐上了通往巴黎的夜间火车，在途中，我向他们倾吐了自己的伤心故事。

"忘了你的爱情吧。"他们说。一个小伙子说，他要去西班牙，他和朋友们要去那里参加奔牛节，让我也一同去。一个女孩想去法国海滩享受日光浴。"和我一起去吧。"她邀请我。

"不，不，"我说，"我要是不回家，就肯定会失去她了。"

我的耳边响起了一阵嘲笑，他们说，这是一次难得的旅行，要是我半路回家，会后悔一辈子。

到了巴黎，我直接去了戴高乐国际机场。我很快就要去芝加哥了，想做的只是登上飞机。但是正赶上那次航班的乘客发生骚乱，我坐不成了，下一次航班也不行。

我已经筋疲力尽了，收拾行李，想去火车站，一边走一边流泪。我要困在巴黎三个星期，什么时候才能回家？

但是走出机场航站楼时，看到不远处有一个英国航空的标志，前面是三个面带微笑的售票员。

"你们还有座位吗？"我问她们。

"有座位，"其中一个人回答，"但是 20 分钟后飞机就要起飞了。"这是一张单程机票，价钱是父母给我买好的那张机票的两倍。我看了看自己的信用卡，只够紧急用途了。

我买下了机票，这件事我没敢跟父母讲。

四年后，在我和朱莉结婚的前一天晚上，我才把花双倍钱买机票这件事告诉了爸爸。爸爸给一屋子的亲朋好友讲了一个故事，故事讲的是一个失魂落魄的男孩，他一路放弃了在威尔士陪伴可爱的小羊、放弃了游览古罗马遗迹、放弃了巴黎的红酒和海滩美女的诱惑，选择了他心中的爱情。

如果多一张船票，你会不会跟我走。有些爱，是值得我们去追寻的，有些人，值得我们去付出。

年少情怀总是诗

朱国勇

青春须早为,岂能长少年。

——孟郊

　　人到中年,日渐坦荡从容,闲适得就如暖阳下偎着躺椅的老人;而往事,却像调皮的孩子,不时跑来揪揪老人的胡子,让人一疼,又幸福着。

　　那时,我才 17 岁,一个年轻得让人遐思的岁月。我深情地爱着一个女孩,她叫莫诗诗,和我一个小区。

　　相思了许久,终于按捺不住。在一个月华如水的夜晚,我大着胆子来到她的窗前。窗前,有一棵高大的梨树,正是四月,满树的梨花,雪白动人。一阵风来,圆月高悬,花雨纷纷,美得就如梦境一般。附近的高楼,除了稀稀疏疏的几个窗口亮着电视的白光,其余的,已是寂静一片。

　　莫诗诗的窗子,幽暗幽暗的一片。

　　我徘徊了很长时间,然后开始歌唱,是李琛的《窗外》。我唱得一般,但是却极为动情。两遍,或是三遍之后,莫诗诗的房间灯光一闪,亮了。一刹那间,我的心怦怦直跳。我喊莫诗诗,她不答应我。

　　我开始倾诉,用电视上看到的,小说里读到的,尽一个少年能用的所有词汇,向她诉说着我的爱意。我越说越动情,多日来的相思苦恨,一时表露无遗。

　　而莫诗诗,始终一语不发。一闪,莫诗诗房间的灯,灭了。

　　周围很静,只剩下我声音。我立在稀稀拉拉的月光下,固执地一句接着一句,我知道莫诗诗一定在听。说到后来,我潸然泪下。有凉凉的水汽,打湿了我的发丝和衣袖。

"莫诗诗,今生今世,我一定要娶你!"最后,我抛下这句话,伤怀又懊恼地离开了。

行到拐角处,回头看,莫诗诗房间里的灯,亮了,又灭了。

从那以后,莫诗诗一见我,就红着脸低着头迅速跑开。

后来,我最终没能实现娶莫诗诗的诺言,大二那年,莫诗诗恋爱了,接着,我也恋爱了。但是直到今日,我仍然忘不了那个深情的夜晚,倒不是还爱着,只是不能忘也不忍忘,因为那是一个少年最真最纯的初心,也是一个男人最纯美无瑕的记忆。

每年春节都要回家看望父母,偶尔还会遇见莫诗诗。她的女儿和我的儿子在一起玩得很投机,有时,还玩过家家。兴致来了,莫诗诗还会拿我取笑。你那时还真痴情啊!只是把我吓得不轻,谁半夜三更地乱叫啊?她"咯咯"笑得花枝乱颤,我呵呵一笑沉静不语。只有自己知道,曾经的那一份情有多深多重,而对于她,已经淡成一件童年趣事了。

有许多往事,就如一汪清澈幽深的潭水,在灵魂深处一闪一闪地荡着波光,常于不经意中,让我们沉入其中,心魂俱醉。

往事随风,那些痴傻的事情,那些年少的冲动,那些荒唐的举动,都随风而去了,我们终于马不停蹄地错过了。

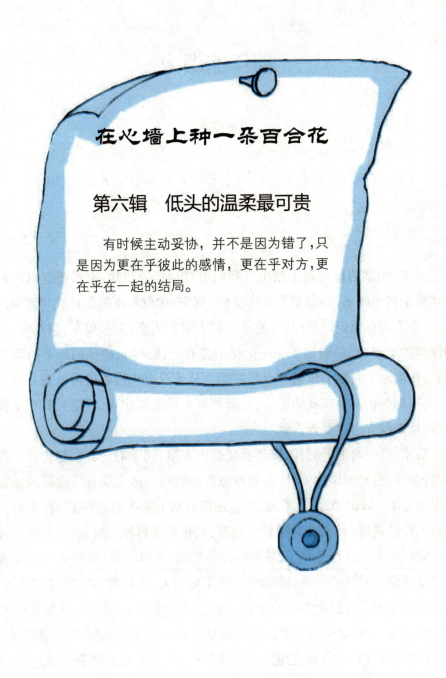

在心墙上种一朵百合花

第六辑　低头的温柔最可贵

　　有时候主动妥协，并不是因为错了，只是因为更在乎彼此的感情，更在乎对方，更在乎在一起的结局。

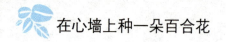

那年的烟火

雷碧玉

那些刻在椅子背后的爱情，会不会像水泥上的花朵，开出没有风的，寂寞的森林。

——郭敬明

昨天，中学的校友录上贴出了我们班"班对"的照片，突然想起以前偷偷喜欢那个男生的事，心里多了几许感慨。其实，印象最深的就是放学回家的时候，一个人走在他们的后面，看他从一群人里走出来，去推单车，溜几步，然后懒洋洋的上车，最后骑远了……记忆中总有一抹夕阳，把他的影子拉得很长很长，每当那个时候心里就有点甜甜的。从来没有想过要告诉他我心里的感觉，其实那时他就坐在我的旁边；也听到有人说他喜欢我，可是只有心里偷偷欢喜，从来没有想过要告诉他。

后来，高一暑假的时候，城郊有场烟火表演，同学们约着一起去看。黄昏的时候我们沿着河岸边的公路，吹着凉爽的晚风一边交谈着一边慢慢地骑着单车出发了。城很小，路也不远，天色还没有暗下来我们就到了。那里有一棵很高的铃铛花树。铃铛花在学校里也有，只是和夹竹桃一般大小，不曾想过会长的如此高大。已经仲夏了，花开的却很繁茂，在暮色里，星星点点的淡黄色铃铛花挂满了翠绿的枝头。陆陆续续来了好多人，也有很多同学，我不由自主地在人群里面寻找那个熟悉的身影。天色渐渐暗下来，最后一抹紫色的霞光消失的时候，一串烟火腾上了天空。还是没有看到他，心里有些空荡荡的，朋友们都跑到铃铛树下，我缓缓地跟在他们的身后，听他们欣喜地说这个是万紫千红,那个是流星瀑布。我抬头看天,热闹的烟火映红了天空,早已找不到星星的踪影。突然,听见一个熟悉的声音在耳边轻轻地说:"如果下一个烟火还是万紫千红,毕业后我们一定要在一起。"我扭过头看到了他被烟火照亮的眼睛,那一瞬间,一朵淡黄色的铃铛花正在缓缓飘落,我相信我看到了在树丛深处的萤火虫……两拨同学会合了,我们在各自的圈子里互相注视,我只是想用目光告诉他,那个烟火就是万紫千红。

再后来分班了,偶然在走廊遇见他,我总是学着他若无其事地笑笑,在心里把要和他考同一所大学的梦再做一遍。高考时,他落榜了。当我鼓起勇气拨通他家的电话的时候,他在电话那头一直沉默,我突然怀疑那年的烟火是不是一场梦,而我,就是梦里那个在铃铛花树下不愿走出来的女孩。他重读了一年后考上了远方的一所普通院校,从此我们没有了联络。

也许心里偷偷期待着未来的人生会有交集吧,所以,听说了他和我们班另一位女同学快要结婚的消息时,有点失落。谁也不曾想过他们会走到一起,我也不曾想过今天看到他们幸福的样子,自己内心深深的孤独里面会有淡淡的落寞。

也许每个人都有自己的生活,都有自己要走的路,都有自己要看的风景。想起那年最爱的郑智化的《淡水河边的烟火》,那反复吟唱着"从此不再相见,不再相见"忧郁的声音,又印证着多少昨日黄花的爱情呢?

也许最美好的就是拥有的那个时刻,那年的烟火,那等待的心灵初次悸动的瞬间……这一切都将永远盛开在记忆中那个夏夜的铃铛花树下。只是,当发现岁月犹如绽放在天空的烟火的时候,让我们学会好好地珍惜眼前的所有吧!

　　一个人总要走陌生的路,看陌生的风景,听陌生的歌,然后在某个不经意的瞬间,你会发现原本费尽心机想要忘记的事情真的就这么忘记了。

时间都去哪儿了

眷尔

让我们珍惜拥有的，用眼睛好好看世界，用生命努力创造这世界。

——马克·吐温

第一次听到王铮亮的那首《时间都去哪儿了》，一下子就掉了眼泪。这样的记忆特别深刻，在一个深夜，我靠着床，将被子奋拉着肩膀，眼泪"唰唰"地掉。

你有没有给自己一个失眠的夜，回顾自己的过往与忧伤呢？

我有过，也是那一刻，我感觉周围的空气似乎都凝固了一样，不知道为什么，那时的我变得特别敏感，平时那些不在意的细节像刀子一样，齐齐戳入了心脏。别人早早地进入了梦乡，我却还塞着耳机听着歌曲，那些音符冲入耳膜时的感觉会在我的房子里回荡很久，时间都去哪儿了呢？

后来，你知道的，春晚也播了这首歌。

后来，张国立也哭了。

自从自己的电子书《我曾深深爱过你》上京东、当当、亚马逊等各大网站后，好多读者来问我，为什么要写悲剧，搞得他们好难受。甚至有位读者看着看着，联想到了自己的家庭，哭得梨花带雨。

我笑着说抱歉，可说着说着，我也哭了。

前几天得知公司里有一位驾驶员过世了，脑出血，人一下子就没了。我听到这件事的时候，顿时脑袋就蒙了，眉头深锁，强忍着泪水试图不让它掉下来。别的同事说了几句惋惜的话就过去了，可这件事却在我的脑子里缠了好几天。

听说，他出事的那刻连一句话都没来得及说。听说，当苏州医院的医生挥手说抱歉的时候，他的妻子疯了一样想把他转去别的医院，她说他只要有一口气就要治。

170

如果一切还来得及，我想，他一定会告诉他的妻子，谢谢她为自己生育的两个孩子，谢谢她这么多年来对这个家的辛苦付出。

当然，我想，他还会说，对不起，自己那么那么爱她，只是很累，想去很远的地方了。

他真的是一个脾气特别好的男人，做事耐心，脚踏实地。我还记得他当时来公司报销的时候，拿着两粒巧克力在我面前挥着手，然后俏皮地给我吃。

人与人之间的感情太奇妙了，他一定不知道，那天是寒冷冬季特别的一个午后，阳光从透明的窗户玻璃里一片一片地打进来，温暖如夏。

时间都去哪儿了？

我们总是活在风中，暖风吹进心里，带来了点点滴滴的温暖与爱恋；冷风呼呼地刮进心里，沉重地留下了抹不去的伤痕和思念。我们曾经努力过，可是我们控制不了上帝突然之间抽离的灵魂，我们甚至会无助地连一句交代都没有，就这样消失了，就这样在这个世界上被抹掉了，慢慢的，记忆会模糊，名字会注销，最后好像真的从没有存在过一样。

时间走得太快了。我们还没来得及找一个寂静的空间好好整顿自己的心情；我们还没有仔仔细细地看着深爱的人的脸，然后深深地吻下去；我们什么都没来得及，我们怎么可以不负责任地离开，说着十八年后我们再相遇我还会再爱你。

时间走得太快了，我们劳苦了半辈子，大半辈子，记忆里存在着太多的遗憾和爱。

我希望，此刻看着这篇文章的你，鼓起你攒到现在的勇气，打个电话告诉你深爱的人，这个人可以是你的父母亲，你的亲戚长辈，你的爱人，你的伙伴以及所有你觉得值得爱的人，告诉他／她："谢谢你，爱了我这么多年。"

我也祝愿那位已离去的驾驶员，一路走好。

而我也会替你告诉你的妻子，谢谢她，爱了你这么多年，矢志不渝。

时间都去哪了？还没好好爱，我们就老了。时间就是这么迅疾，匆匆打马走过，那些美好的东西就这样错过了。

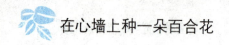

谁是最爱你的人

王举芳

我是不是你最疼爱的人，你为什么不说话。

——《我是不是你最疼爱的人》

他和她是经别人介绍的。他属于那种世俗的男人，抽烟、喝酒、打牌、耍脾气……第一次见面，他就喜欢上了她。他对她说自己有很多缺点，但有一个最大的优点，就是会很疼爱自己的女人。

她心头一热，哪个女人不想找个心疼自己的男子呢？于是，见过几次面后，他们就闪婚了。

婚后，他没有食言，他处处让着她，对她言听计从、俯首帖耳。

慢慢的，她觉得他太窝囊了。她开始讨厌他，和他吵架，说他除了抽烟喝酒，啥本事没有，死水一潭的日子一点意思都没有。他没有反驳，任她撒泼。他想：女人嘛，要点小脾气很正常。

她怒气冲冲地冲出家门，他没有追上来。她更生气了，给他打电话说过不下去了，要离婚。

他急了，再打她的电话，已是关机。

他和她开始了分居生活。她住进了单位单身宿舍，他苦守着一个人的家。

她认识了一个理想中的男人，是在酒吧认识的。那个男人很懂女人心，时常送花给她，还有一些女人喜欢的小物件。时逢节假日，还会给她意外的惊喜。她的心活了，如春水，荡漾着无比的欢喜。

但她没有做出格的事，毕竟，他和她还没有离婚。

她疯狂地爱上了酒吧里的男人，不可自制。她再一次向他提出了离婚，并拟订好了离婚协议书,说可以净身出户,只要他同意离婚。

他说,只要你过得好,我同意离婚,可是你了解那个男人吗?她一愣,她除了和他在酒吧喝酒,从未听他说起有关自己的事。

他说,你先问好再说离婚吧,如果那个男人愿意娶你,我一定会签离婚协议书。

她无比自信地拿出手机,给那个男人打电话,说自己已是自由之身,可以嫁给他了,而电话的那一头,再也没有声音。

她失声痛哭。

他没有安慰她,只淡淡地说,我等你,等你回家。说完,转身走了。

她哭够了,回单身宿舍收拾了东西,回了家。

人的一生也许会遇到不止一段爱情,你或许很中意一个人,但他不愿意陪你走下去,那也只是过客。在爱情里,那个容忍你、愿意陪伴你走到终点的人,才是最爱你的人。

我们经常是盲的,看不清一个人对自己的爱有多深。相爱的两个人就是这样,不管怎么打闹,终究是分不开的,就像绑在一起一样。夫妻之间,是有兄弟义气的。

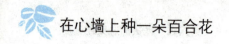

低头的温柔最可贵

季锦

我能想到最浪漫的事，就是和你一起慢慢变老。

——《最浪漫的事》

他和她高中就相恋了，后来因为考上了不同的大学，两个人就开始了异地恋。距离并没有让爱情变淡，虽不能朝朝暮暮、卿卿我我，但他们也有着自己独特的恋爱方式，每晚至少半个小时的视频聊天，每周必需的一封通信。

后来好不容易熬到两个人都大学毕业了，她开心不已，以为终于可以与男友朝朝暮暮了。可就在此时，他却告诉她他想去当兵，他说这是他从小的梦想，如果不去实现，他会抱憾终生。尽管她很不愿也很不舍，却最终还是尊重了他的选择。

在他当兵期间，她去了北京发展。他复员回来时，她已经在北京站住了脚，有了一份自己喜欢的工作和不菲的收入。于是，她就要求他也来北京发展。能回到女友身边，也是他梦寐已久的愿望。于是，他也满怀热情去了北京。

然而，几个月下来，他并没有找到一份适合自己的工作。前途的渺茫让他动摇了留在北京的打算，正好此时老家的一位朋友希望他回去，两人合伙做生意，他便动了心。可当他试图说服她与自己一同回老家发展时，她却不假思索地拒绝了，她说她在北京辛辛苦苦打拼了三年，好不容易稳定了下来，所以她不愿意放弃这来之不易的一切。他们都坚持自己的立场，谁也不肯做出让步，可如若分手，谁都又舍不下这段坚持了六年的恋情。

无奈之下，他们找到了天津卫视的《爱情保卫战》栏目，希望能通过这个节目来说服对方做出让步。节目中,栏目组的评论员对他们的矛盾和分歧进行了分析和开导。评论老师告诉他们,爱情需要彼此妥协,倘若一方只是一味地按自己的意愿去要求对方做出牺牲,那显然是自私和不公的,所以希望他们都能为这份来之不易的爱情互相妥协一下,也只有这样,他们的爱情才能得以维系。老师们的一番话让他们豁然开朗,也终于都肯心甘情愿地为对方做出让步。她说,如果他坚持要回老家,那么她愿意为他放弃现在拥有的一切,跟他一起回去,一切从零开始;他也说,如果她执意要留在北京,他也会放弃回老家的打算,陪她一起在北京打拼创业。

　　这样的结局可谓皆大欢喜。是啊,爱情有时是需要彼此妥协的,就像一句话所说的那样:"夫妻间最可贵的是那一低头的温柔,情侣间亦是如此。如果能够让爱情继续,妥协一下又如何?"

　　有时候主动妥协,并不是因为错了,只是因为更在乎彼此的感情,更在乎对方,更在乎在一起的结局。

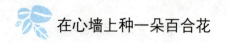

善待生命里的缘

雪子

缘分天空,美丽的梦。

——孙楠

　　年轻时,他从不爱她,始终不曾温柔地待她。她的青春应该充满怨恨,只是,她到底选择了做一个金匠,日夜锤击敲打曾涌在心底的痛苦,延展成薄如蝉翼的金饰。为自己戴上,也戴在了他们后来的日子里。

　　刚生一子,他就出国留学。她在家尽心孝敬公婆,抚养儿子。时间久了,他们的差距越来越大。她的二哥希望她能走出去,时时不忘学习新知识,这样才能和他有共同语言。几经周折,她来到他的身边,想重拾学业,可还是一家庭主妇。

　　他从不冷落朋友,却对她无话可说。他另有新欢,痴傻的她想用刚怀上的孩子拴住他。他无情地把她们遗弃在异国他乡。彻骨的伤痛让她彻底清醒。

　　回国后,她一边管理银行业务,一边创办上海一流的服装公司。兢兢业业工作的同时,还时刻不忘学习。她没有和他老死不相往来。用平和的眼光看待感情路上的曲折起伏,一笑泯恩仇,依旧真诚地对他,关注他。用她的智慧和成就,使他重新定义她在他心中的形象。

　　因为空难,他从天上坠入尘土,他的妻子用拒绝认尸来拒绝事实。她亦心痛欲绝,但从容面对,冷静地为他处理后事,让他入土为安。

　　老年时,她还前往台湾,找到他的好友梁实秋,还有他的表弟蒋复,希望他们出面,为他编一套文集,所有资金由她来出。1969年,台湾版《徐志摩全集》出版,此书为后来对徐自摩的研究提供了很多珍贵的资料。

　　他就是才华横溢的徐志摩,和他相连更多的是林徽因、陆小曼。她是张幼仪,是他绚烂人生中微不足道的一笔。梁实秋曾评价她说:"她沉默地坚强地过她的岁月,她尽了她的责任,对丈夫的责任,对夫家的责任,对儿子的责任。"

　　善待生命中的缘,岁月静好。

　　走在人群中间,发现你我并不太遥远,一生守在你的身边,天天看你的笑颜,你的一举一动融入我的心田。这种感觉,就像飞翔在缘分天空……

那个陪你一辈子的人

稽振颉

陪伴是最长情的告白。

——网络语

弄堂口的第一户人家,是一对年逾古稀之年的夫妇。每天他们都相互搀扶,走出略显沉闷压抑的房间,出来透透新鲜空气。就是这样平凡而又感人的场景,真实地诠释着什么叫相濡以沫。

似乎没看到子女来看望他们,或许他们根本就没有养儿育女。按理说,独守空房的老人应该是寂寞的。膝下怡儿孙、享受天伦之乐,是精神生活相对枯寂的老人们最大的慰藉。不过,他们的脸上依然荡漾着笑容,阳光的映照下,这笑容显得那么灿烂。

出门的时候,两人的手就那样习惯性地握着。也许在年轻的时候,是老爷爷抓着老奶奶的纤纤玉手。每个人都有正值青春风华的时候,这是人生中最为留恋的时光。十指相扣的那一刻,爱情就被演绎到如同烈焰般炙热。现在两人都老了,头发白了、牙齿掉了、背也陀了,脸上的皱纹像一道道隆起的山脉。唯一不变的,是他们手牵手的习惯。

爱人在几年前得了帕金森病,双手不住地颤抖,路也走得歪歪扭扭的,需要一个人扶着才能缓慢地前行。"当心点、走慢点。"老人的一声声叮嘱,每次让我听到时都感到很温暖。

几个月前,我与妻子因为琐事闹矛盾。我了解妻子的脾气,她是一个认死理的人,谁要是得罪她,基本上只有别人认错的份儿。不过这次,我却没有像以往那样选择退让。职场中,我不敢有丝毫懈怠,总觉得身上有一座座大山压得我喘不过气来。回到家中,本想借助虚拟世界好好放松一下,谁料却遭遇"母夜叉"的"河东狮吼"。这下彻底戳到我神经的最痛处,什么地方都不能放松,这日子还让不让人过了?针尖对麦芒的结果,就是两人迅速陷入冷战。

第二天早上,我带着一肚子怒气走出房门。这时,我又看到这对老夫妻,他们手挽着手慢慢地走着,依然说着重复过千百遍的话。刚才还想"顽抗到底"的心,瞬间软了下来。是啊,和妻子有什么较劲的必要?在她风华正茂的时候,我只是一个一无所有的穷学生,她却不顾父母反对,义无反顾地跟我走到一起。现在生活渐渐安逸下来,她却丧失了最为宝贵的美丽容颜。刚毕业那会儿,我空有一腔抱负,希望凭借初生牛犊不怕虎的冲劲,闯出一番事业。不过,理想和现实的落差总是如此之大,我一次次狼狈地从"战场"上撤退,颇有丧家之犬的"风范"。每次妻子都毫无怨言,陪我一同度过失败初期最为艰难的时期。现在,我的事业虽然算不上成功,但是相比初入职场时要进步不少。我不该因为工作上的不顺利,就迁怒这个一直陪伴我的人。

当我把想法向妻子祖露后,她不再为难我什么。她就是一个刀子口豆腐心的人,或许这一点就值得我一辈子珍重。

弄堂里的老夫妻就这样平淡地生活,并不像文学作品那样轰轰烈烈。不过,他们就是我和妻子学习的榜样。爱情不需要曲折离奇、生离死别,只要一生相伴、心心相印就足够了。

最平凡的爱情,往往是最动人的,是在激情退却之后的相互珍惜,是矢志不渝地长久陪伴。愿每个人的爱情都是这样温暖。

暖烘烘的爱

胡识

爱情待在高山之巅，在理智的谷地之上。爱情是生活的升华，人生的绝顶，它难得出现。

——杰克·伦敦

他是一家杂志社的编辑，有审不完的稿子。每天下班回到家，他都要坐在电脑前忙活好几个小时。

她是一位韩剧迷，每当银幕里出现"我爱你"三个字，她就会盘起腿，吻着咪咪兔，然后幻想他是韩剧里的"男猪脚"，自己是女主角。

念大学时，他们就对彼此心存好感。他会写很多优美的诗句送给她，她会为他淘很多图书。

可他胆子小，不够自信。每次她过生日，朋友就会问他："老岩，你喜不喜欢此时此刻的公主？"他总结巴得厉害，老半天才支支吾吾说："我、我不知道。"

朋友都认为他的脑袋肯定进水了，对他失望透顶。可她从不感到失望，她还是很幸福地合拢双手，对着蜡烛许愿，她许下的每一个愿望都和他有关。

毕业后，他们被分往不同的城市工作。他每天醒来的第一件事就是发短信把她叫醒，她每天睡觉前都会打电话对他说"晚安"。总要等他先挂了电话，她才会在床上翻上好几个跟头。

有一天，他上班时发微博说："亲爱的，昨晚我失眠了。我要把笔记本寄给在念大学的弟弟，他学电脑专业，得用。前段时间家里出了点事，我所有的积蓄花光了，没有钱再买一台，以后我恐怕有审不完的稿子了，这样也好，可以给主编留一个好印象，让他说我勤快呢。"

　　她并没有刷微博的习惯，可那天她竟莫名其妙地看到了他说的话。突然，心像是被针扎了一下。想着他每周都给自己寄漂亮的礼物，她还以为他发洋财了呢。于是，她在心里骂道："岩，你这个臭小子！"

　　大概过了两天，他收到一份礼物。她在粉红色的笔记本上面留了一行字："岩，不要问我为什么，好好工作，好好爱你所爱的。我支持你，我也愿意一辈子陪着你。"

　　后来，他成了一名畅销书情感作家、杂志社副主编，她成了一名微博红人。

　　他们结婚的那天，神父问他："新郎，你愿意娶这位漂亮的新娘为妻吗？"她竟抢过他的台词，大声说："他愿意！"接着，神父问她："新娘，你愿意嫁给这位帅气的新郎吗？"她本来想再大点声说"我愿意"，可他却抢先一步，泛着泪光说："她愿意，我让她久等了！"

　　真爱不是爱表面上的"我爱你"三个字，而是她能设身处地地为他着想，给他暖烘烘的爱。

　　爱情不是说说就可以，两个人在一起最重要的就是理解，然后给彼此足够的支持和信任，说白了，爱情终究是心与心的交流。

爱与尊严

孙道荣

世界上是先有爱情，才有表达爱情的语言的，在爱情刚到世界上来的青春时期中，它学会了一套方法，往后可始终没有忘掉过。

—— 杰克·伦敦

朋友问她，今天就是最后一天了，如果他准时出现在楼下，你会答应他，做他的女朋友吗？

这是她和他的一个"约定"。他和她，偶然相识，他爱上了她，对她展开攻势，穷追不舍，甚至有点死缠烂打，大有不达目的誓不罢休的劲头。但是，她不喜欢这样的方式，而且，她也不能确定，以他这样火热的性格，到底是真的爱她，还是一时冲动。所以，她一次次拒绝了他，有时语言甚至很生硬很过分，但他一点不气馁，继续想尽一切办法接近她，讨好她。

她简直有点不胜其烦了。便托人转告他，如果真的爱她，那么，就证明给她看，每天晚上7点，到她们宿舍楼下站半个小时，连续一百天。而别的时间，请不要来骚扰她。

他竟然答应了。

第一天，吃过晚饭，她在宿舍里看书，同寝室的姐妹喊她，快看，他真的来了，就站在树底下呢。

她探头看了看，还真是他。她咧嘴淡淡地笑了笑，管他呢。

一连一个星期，他都准时出现，站在大树下，有时就那么笔直地站着，有时则绕着大树转几圈，有时又仰起脖子，望一眼她们宿舍的方向。看你能坚持几天，她心里想。

那天，下了一天的雨，到了晚上，雨下得更大，风也更急了。

　　7点,大树下,又出现了那个熟悉的身影。是他。斜撑着一把伞,被风刮得都有点变形了。姐妹说,这么大的雨,估计他半身都要淋湿了,要不,喊他一声,今天就不用站半小时了吧? 她没想到,这家伙还真倔,大风大雨丝毫也没能阻止他。但是,为什么要喊他呢,又没人强迫他,是他自愿的。

　　和以往一样,直到7点半,他才离开。

　　还有一次,她们看到,他笔直地站在大树下,几个男同学恰好路过,和他热情地打着招呼,有个男生还试图拽了他几把,似乎是想把他拉走,一起去做什么事。他挣脱了,几个男同学哄笑地走开,他继续站在大树下。夜色下,看不见他的脸色,一定有点狼狈吧。但他站立的身影,很坚决。

　　每天,和《新闻联播》一样准时,他出现在楼下,大树下面。半个小时后,消失在黑夜中。从无例外。

　　他竟然真有这么大的耐心跟恒心,是她没有料到的,尤其让她意外的是,除了遵守"约定"每天出现在她的楼下,他真的再也没有出现在她的身边,没有表白,没有"骚扰"。这一切,让她的心,开始悸动了。

　　时间过得飞快,一转眼,99天就过去了。就差最后一天了。

　　第100天。好像天公故意配合,一扫往日灰蒙蒙的景象,空气澄澈,仿佛也是为了来庆祝这个特定的日子。

　　知道这个"约定"的人们,也在关注着最后一个晚上,这个浪漫的时刻。

　　面对朋友的问题,她显得有点紧张、无措。她回答说,如果他出现,证明他是真的爱我的。"但是,但是,"她羞涩而迟疑地说,"我真的不知道,会不会答应做他的女朋友。"

　　时间一分一秒地过去,到7点了。今天是最后一天了,天气又这么好,他怎么可能会不出现呢? 这丝毫也不用人们担心。人们关注的是,在7点半之后,她该怎样应答他。

　　熟悉的《新闻联播》音乐响起来了。那棵大树下空荡荡的,他没有出现,他竟然没有出现!

　　姐妹们不相信地揉着眼睛。这,怎么可能?

但是,他真的没有出现。

7点零1分,他没来。7点零2分,他还没来。7点零5分,树下依旧是空荡荡的……7点半了,《新闻联播》都结束了,他还是没有出现。

所有的人都惊呆了。姐妹们冷静下来,想着怎样安慰她。

她拿出手机,找到他的号码。这么多天,他真的遵守约定,没打过她一个电话,甚至没有一条短信。

姐妹们看着她,不知道她要做什么。打电话骂他一通?

"我决定了。"她对姐妹们说。

有人赶紧劝慰她,也许他是出现了什么特殊情况,今天才没能来,他都坚持了99天,说明他是真的爱你的,千万不要因为这一点点,而放弃了这段感情。

她埋头在手机上写短信,"嘀"一声,发了出去。

她把手机给姐妹看,短信是发给他的,只有三个字,"我愿意!"

试图劝慰她的姐妹们,反而怔住了,怎么,怎么就同意了呢?

未等她解释,"咚咚——"有人敲门。

一大束鲜花后面,是他的笑脸。

一年之后,在他们的婚礼上,依然有人好奇地想知道,第100天是怎么回事。她说,我也是在那天忽然明白,原来他是用99天来证明爱我,而用最后一天来维护他的尊严和爱的尊严。这样的男人,当然值得去爱。而他说,一个懂你的人,才是真爱。

懂你的,才是爱你的。很多人会给你买衣服、买鞋子、买包包,可是这些人未必懂你。爱你吗?大概是爱的,可是却始终没走进你心里。

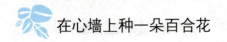

最后一束康乃馨

追梦人

生活中,善意的谎言可以让生活增添色彩。

——莎士比亚

天刚亮,一个年轻的鞋匠就来到了中心街的街头。那儿来来往往的行人很多,鞋匠每天都能擦上十多双鞋子,能挣上十多块钱。鞋匠刚把自己的家伙摆好,就来了一个孩子。孩子背来一背篓花,在鞋匠旁边放下了。鞋匠知道那花是康乃馨。鞋匠心想,你那花又吃不得,能好卖吗?

这时,一个男人经过,没有找鞋匠擦鞋,却走到孩子面前问道:"这花多少钱一束?"孩子说:"8块钱!"鞋匠一听,连忙眨眼,这花还这么贵!谁知男人连价钱也没还,就选了一束康乃馨,然后掏钱给了孩子。

这个男人走后,又一个男人走来,也买了孩子一束康乃馨。等买花的人走后,鞋匠羡慕地对孩子说:"你的花可真好卖呀!"孩子笑着说:"今天是母亲节,许多人都要买康乃馨送给母亲!"鞋匠听了才知道今天是个节日。他知道节日的时候生意就好。他想,今天自己的生意也该很好吧!

走来走去的人都纷纷向孩子买康乃馨。在人们眼里,好像就只有卖康乃馨的孩子,没有鞋匠似的。孩子的康乃馨都卖出去半背篓了,可鞋匠才只擦到了两双鞋子,只收入了两块钱。鞋匠不由得埋怨起自己来,我咋这么笨,就没想到卖康乃馨呢?!鞋匠盯着孩子,盯着孩子的康乃馨,眼睛里燃起一团火,他嫉妒孩子,他恨不得把孩子的康乃馨抢过来。要是那些康乃馨是自己的,那自己该赚多少钱呀!只卖一个上午就能顶一个月!这想法一直在鞋匠的心里转悠着,折磨着他。

鞋匠越是眼红，孩子的康乃馨就越是好卖。人们都只注意到孩子的红色康乃馨，谁都不把鞋匠放在眼里，找鞋匠擦鞋的人竟比往常少。都过 12 点了，上班的人都下班了，可鞋匠一上午就只擦到了 4 双鞋子，就只挣到了 4 块钱。

鞋匠恨孩子，鞋匠后悔早上没把孩子赶走。要是孩子来的时候，就告诉他这里不准卖花，那自己的生意准好。可现在要赶人家走，已经迟了。鞋匠看了一眼孩子的背篓，更来气了，孩子就只剩下最后一束康乃馨了。鞋匠嘴里悄悄地骂了一句："真他妈好卖呀！"

不知怎么的，孩子的最后这一束康乃馨却无人问津了。该买的要买的都买了，就是想买的，见只有最后一束康乃馨，没有选择的余地，又嫌它是别人买了剩下的，看一眼就摇头走了。孩子对过往的行人叫道："买康乃馨哟，送给母亲的好礼物，只有最后一束了，只卖 5 块钱，只卖 5 块钱！"听了孩子这话，人们连看也不看了。鞋匠听了暗暗好笑，心里说，真是笨，你一说只有最后一束，谁还买呀！不过，鞋匠就希望孩子这么叫下去，看他怎么把最后一束康乃馨卖出去！

时间一点点过去，孩子的康乃馨已经不如早上新鲜了，过往的行人也稀少了。每一个行人经过，孩子就会叫道："买康乃馨哟，送给母亲的好礼物，只有最后一束了，只卖 5 块钱，只卖 5 块钱！"可行人瞧也不瞧就走过去了。

没有人买孩子的那束康乃馨，孩子就急了，急得像热锅上的蚂蚁一样，围着他的背篓团团转。鞋匠看了不由得意起来，他终于忍不住对孩子说道："现在没人买花了，你的花卖不出去了！"孩子着急地说："我要把它卖出去！叔叔，现在什么时候了？"鞋匠没有表，鞋匠说："应该有 1 点钟了吧！""啊！都 1 点钟了！"孩子一听就叫起来，"我妈还等我回家去做饭给她吃！"鞋匠说："你出来卖花，你妈还要你回去做饭给她吃，她怎么……"孩子说："我妈有病，而且瘫痪在床上，动不了，家里没有别人，我要是不做饭给妈吃，她就会挨饿。今天卖花赚到的钱，我还要拿去给她买药！"

鞋匠没想到孩子是这么命苦，他深深自责。这时，一个男人在鞋匠面前的椅子上坐下来，鞋匠赶紧拿家伙替他擦鞋。鞋匠擦鞋的时候对孩子说："你的这束康乃馨,我要了!"孩子听了开心地笑了:"好,我就卖给你!"孩子说着就从背篓里拿出康乃馨送到了鞋匠面前,鞋匠接过康乃馨,赶紧掏钱给了孩子。孩子接过钱,冲鞋匠笑笑:"我先走了!"然后孩子背上背篓蹦蹦跳跳远去了。鞋匠见了就笑了。

鞋匠很快就把男人的鞋子擦好了,男人掏出一块钱给了鞋匠。鞋匠拿起康乃馨,送到男人面前说:"送给你,拿去给你母亲吧!"男人一愣:"你刚才不是花钱买的吗,怎么不要?"鞋匠笑着说:"我母亲早在半年前就去世了,我是想让他早点回家才买下的!"男人笑了,说:"我要了!"男人接过康乃馨,然后掏出5块钱塞到了鞋匠手里。鞋匠说:"我不要钱,我送你……"男人说:"你花钱买的,我怎么能白要?"男人说完放下钱就走了。

男人走出这条街后,把康乃馨放到街边显眼的一块石头上,他想,谁要谁就拿去吧。男人也没有母亲,他的母亲在他出生时就去世了。

很多时候善意的谎言,不过是为了别人好过。这个故事是很温暖的,至少感动了我。社会上如果多些这样的爱,那就好了。

人生如蝉

陈凤珍

人类的一切智慧是包含在这四个字里面的："等待"和"希望"。

——大仲马

2013 年 5 月，在美国东海岸出现了一种罕见的景象：数以亿万计的蝉的幼虫，似乎听从了号令一般从地下破土而出，迅速地攀附上垂直的物体，蜕去外皮，长出翅膀。整个森林一下子沸腾了，这里成了蝉的天下，这些扇动翅膀的精灵铺天盖地，每英亩地面蝉的数量达 150 万只，壮观的场面令人咂舌。

这不是普通的蝉，每隔 17 年它就会再次来到地面，由于呈周期性出现，所以也叫"周期蝉"。其繁殖的速度极快，会在一个晚上的时间一下子就孵化出亿万子孙后代，它们凭借着数量上的优势保证着自身种群的生存。"周期蝉"在打凿通道时松软了泥土，使泥土通风。在鼹鼠、老鼠、蛇和燕雀等许多动物的眼里，它们是营养丰富的食物。

在回到地面的时间里，雄蝉为了找到自己的伴侣会发出十分响亮的鸣声，这些声音高达 94 分贝，大到你听不到头顶上飞机的声音，大到能令你抓狂，甚至连一场摇滚演唱会也不是它的对手。它们在地下经历了漫长的 17 年的等待，终于迎来了光明，迎来了繁衍子孙后代的机会。然而这样的场面却不会持续太久，几周后，一切都会归于沉寂。雄蝉交配后即死亡，雌蝉也会在产卵后结束它们短暂的生命。那是一个何等悲壮的场面！地上铺上了厚厚的一层蝉的尸体。产下的幼虫则会继续潜进地底下，接下来又是一个 17 年的轮回，又是一次漫长的等待。

从科学的角度来说，它们所做的一切皆源于本能，是一种无意识行为。可它们这种为爱蛰伏的耐心和毅力却让你不得不佩服。它们地下蛰伏 17 年,在无边黑暗中等待的仅仅是几天的光明。光明的来临,也意味着死亡的迫近。

　　在这个人心浮躁的社会中,总是有人在慨叹:生活在身边,理想在天边。可又有多少人能为了实现自己的目标而进行 17 年的等待和努力呢? 理想的实现犹如"周期蝉"的人生,是一个在黑暗中寂寞等待的过程,也是一个砺心的过程。它需要你付出时间、付出汗水,静等花开。即使刹那芳华,终也无怨无悔。

　　等待和蛰伏真的是人需要具备的非常优秀的品质,不急不躁,不温不火,暗自努力,静待那些重要的时刻到来。

点亮自己，你就是一束光

顾晓蕊

忍耐和坚持虽是痛苦的事情，但却能渐渐地为你带来好处。

——奥维德

进入高中以后，随着新入校的新奇和喜悦渐渐褪去，我们陷入紧张而繁忙的学习中。

父母的期盼，老师的叮咛，像鞭子一样轻轻打在我们身上，以致不敢有片刻的松懈。看到同宿舍的小薇买来厚厚一摞复习资料，阿莉边吃午饭边背诵英语课文，我不由得暗暗着急。

"人之为学，不进则退。大家都要加油哦！"听老师这么说，我心里先是一惊，又一沉。

这时，同桌向我请教一道数学难题，我支吾着推说有点忙。我正兀自烦恼着，并不想理会他，另一方面还暗藏着一点小心思，生怕被同学赶超上来了。

时光如水，匆匆流过，一晃就是一年多。那天中午，我倚窗朝外看，宿舍楼下的花开了。亮灿灿的迎春花，白而硕大的玉兰花……春天已在不知不觉中悄然来临。

"我们去看花吧，万顺街的樱花应该开了。"我提议说。

"下午有自习课。"小薇有些纠结地说，"可是，花开不等人啊。"

"好累啊！咱们去放松下吧。"阿莉把眼睛从书本上移开，急忙附和道。那条街的路两旁种满了樱花树，这些日子里，我们只顾埋身于书山题海，不曾邂逅一场花事。因此，那个阳光和暖的午后，我们约好一起去看樱花。

我们悄悄地溜出校门，一路上笑闹着，拐过十几个路口，来到位于城东的万顺街。

到了那里，我们瞬间被眼前的景象惊呆了。那一树树的繁花，团团簇簇，灿如云霞。微风徐徐吹来，搅动着花香，片片花瓣飞落，整条街香气四溢。

我们慢慢地沿着路边向前走，这一片花海，令我们迷了眼，醉了心。那一地零落的花瓣，多么像我们的青春岁月，美丽而短暂。我们欢呼着、感叹着，忽然瞥见一个熟悉的身影。

班主任吴老师骑车从马路对面过来，她显然看到了我们，微怔了一下，接着骑了过去。

"唉！这下可糟糕了，回去等着挨批吧。"小薇神情沮丧地说。我们顿时兴趣索然，仓促地结束了出游，返回学校。

上夜自习的时侯，我心里有些忐忑不安，可老师对此只字未提。

晚上宿舍熄灯后，我们开始卧谈，大家抱怨起做不完的习题，应付不完的考试。那一瞬间，我们就像乘坐在同一艘船上，行驶在漫无边际的夜色里，看不到未来，也感觉不到希望。

"总有一天你们会明白，苦学的日子也是好日子。点亮自己，你就是一束光。"门外传来巡夜老师的声音，正是班主任吴老师。这蜻蜓点水似的话，却在我们心里荡起涟漪，大家一时无语，陷入了沉思。

那以后，在忙碌的学习中，我们少了一些抱怨，多了一分担当。那年高考，我们宿舍的成绩都出奇的好，考上各自理想的大学。

在漫漫人生道路上，我遇到很多不如意、不顺心的事，但每想起老师的那句话，犹如一束光照入心底。不管面临怎样的境遇，只要点亮一盏心灯，便能心境通明，无所忧，亦无所惧。

点亮心中的灯，给自己希望，给自己力量。没有人可以打败你。

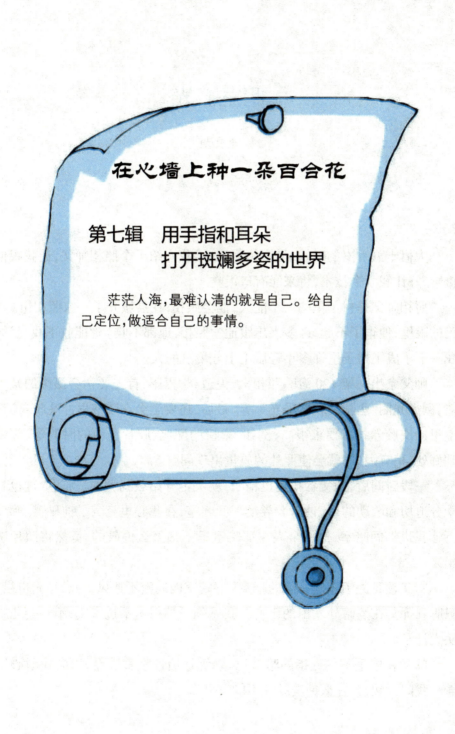

在心墙上种一朵百合花

第七辑 用手指和耳朵
　　　打开斑斓多姿的世界

　茫茫人海,最难认清的就是自己。给自
己定位,做适合自己的事情。

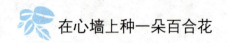

暗室微光

李良旭

希望是黑暗中的火光,使人精神振作;希望是沙漠中的绿洲,使人心旷神怡。

——陈懿

大概十五六岁的时候,母亲领着我,给我介绍了个照相师父,让我跟他学摄影,好让我学个技术,将来能有口饭吃。

照相师父是村子里的一个能人,他会照相,在县城开了一家照相馆。在村民的眼里,他很了不起,许多人想跟他学照相,他都不收。他能收下我当学徒,我一下子成了村子里许多年轻后生十分羡慕的人。

师父拿出一架 120 海鸥照相机,说道,学摄影,首先要学会摄影的基本技能,例如光圈、焦距、速度、采光等等。最后,还要学会在暗室里冲洗胶卷。在暗室里冲洗胶卷技术要求很高,例如,影粉的配比、胶片浸泡的时间等,都要恰到好处,稍有闪失,就会使照片的质量出现问题。

一段时间后,师父看我还挺精明,就决定开始教我学冲洗胶卷,这也是我十分迫切和激动的事。冲洗胶卷的那间暗室,在我心里充满了神秘感。师父从不让我进那间暗室,他一个人在那暗室里不知怎么捣鼓的,竟然将照片洗了出来。

师父领我进了漆黑一团的暗室里。暗室四周密不透风,一点亮光也没有,只听到师父在黑暗处发出的声音。我感到压抑得透不过来气,不一会儿就满头大汗了。

师父在伸手不见五指的暗室里,熟练地边冲洗着胶卷,边向我耐心讲解着。我问师父,为什么冲洗胶卷不能有亮光?

师父说，在冲洗胶卷的时候，如果有一点亮光，哪怕只有萤火虫那么一点亮光，这底片就会立刻曝光，就再也洗不出照片了，想弥补过失也不可能了。一次成影，一次曝光，就是这个道理。

我伸了伸舌头，对在暗室里冲洗胶卷，更加充满了一种神圣感。在暗室里忙了一会儿，我想出去透下气，就悄悄地将门拉开一条缝，正要闪身出去，忽然听到师父一声断喝，谁叫你把门打开的，你看，这些胶卷全曝光了。

我惊讶万分，就这点光亮，胶卷也能曝光？

师父严厉地说道，在暗室里冲洗胶卷，一灯可破。千万不能轻视这一灯的光亮，在暗室里，这点光亮对底片来说就是一道闪电，能将胶卷上的影像全部曝光的一无所有。

因我的鲁莽和轻率，那次冲洗胶卷的底片全部曝光。这次暗室曝光事故，在我心里留下了很深的阴影，那门缝里透进来的一灯可破的亮光，在我脑海里时时浮现，挥之不去……

后来，我离开照相馆，另谋生路去了。师父送我出门时，语重心长地告诫道："孩子，你今后的路还很长，要永远记住暗室里那一灯可破的亮光。"人生中有时看似一片黑暗，但有时只是一句提醒、一个问候、一声招呼，就像一灯可破的亮光，照亮你的人生。

师父的一席话，让我大吃一惊。我一直为那次在暗室里底片曝光的事故而内疚，没想到师父却能从那丝亮光中，说出了另一番新意，一下子让我感动莫名。原来，黑暗里突然透进来的一丝亮光，并不只有失意，还有信心和力量。

我记住了师父的话。那一灯可破的亮光，在我心里闪烁着无比璀璨的光芒，一直照耀着我前进的路，从没熄灭。

我们总要经历些什么才能成长，遇见一些人，才可以看见生活的意义。生活就是这样，只要有希望，就是美好的。

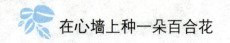

永远都在成长

孙开元

> 一个人若是年轻而且孤独,完全专心于学问,虽然"不能自给",却过着最充实的生活。

> ——艾芙·居里

这里人很多,我都纳闷自己为何忙里偷闲来到这家商场里散心。每当遇到难缠的事情,我的脑子又几乎已经麻木不仁,我就知道自己该歇口气了。

在我小时候,我们一家人喜欢在星期六的晚上出来逛商店,其实就是为了离开家一会儿。我们经常把车停在附近的购物中心外边,一边吃着喜欢的零食,一边看着来来往往的人们。

自从那时起,在这家商场里小坐片刻就成了我最惬意的时光。我不会坐太久,从不像个老爷子那样坐在这儿打起呼噜。我也不喜欢扎堆闲聊,只是吃点东西,养足了精神就离开。

不过今天正赶上购物高峰,商场里人声嘈杂。大厅里一共有三把长椅,我幸运地在一把椅子的紧边上挤了下来。

来这里的人老少都有,店员们来回忙碌着。突然,大厅里一阵骚动。一个12岁左右的漂亮小女孩跑到了坐在我旁边的那位女士身旁。女士说:"怎么不和我坐一会儿?"女孩看上去很文静,但随即开始发起了牢骚,显然是椅子上没有了地方,这让她很烦。

"可我坐哪儿啊?没有我的地方了。我倒是想……和大人一样……想开心……想有个位置!"小女孩说。

这不只是想找个地方坐的问题,是一个少女想要发现自我,在寻找一种归属感。

　　我刚想给女孩让出自己的座位，正巧，坐在女士旁边的一位老先生站起身走开了。他可能是不想掺和进去，但这对我来说却正是个搭话的机会。

　　"其实你不是只想找个座位，对吗？"我看着女孩说。

　　"什么？你在跟我说话吗？"她问。

　　"是的。"

　　"我确实是只想找个座。"

　　"我想起了自己在你这么大时也是这样，遇到这种情况就会受伤。"

　　"你受伤？出什么事了？"

　　"不是在身体上，而是心里受伤。我想融入生活，不只是在朋友圈，而是融入整个社会。我想看到一个真正的自己，那时候，当我站在镜子前，我都不知道自己看到的是谁。"

　　"妈妈，你看人家都知道我的感受。"女孩对她身边的女士说。

　　"先生，我也跟她这么说过，但因为我是她的妈妈，同样是这句话让我一说，她就说我是在讽刺她。"女士说。

　　"我理解，因为我有两个儿子。我也正发愁没法找到个会说'儿语'的翻译。"我笑着说。

　　然后我又对女孩说："我告诉你吧，这一切都会过去。不是消失，而是成长人都会走出这些年少时期的烦恼，面对生活中新的挑战而变得成熟，然后变老，你会发现自己的。有一天，你会突然明白自己需要的是什么，但这个世界也像你一样会变化的，那些对于你来说曾经无比重要的梦想也许会淡去，因为你有了新的目标。有些事情你可能现在还看不到，但有一天它会突然出现。你在一生中会很多次面对镜子拷问自己，这对你是有好处的，因为你无法对镜子里的人撒谎，你无法假装成别的什么人，自己不会对自己撒谎。"

　　"那我不是要苦恼一辈子了吗？"她问。

　　"不会，当你找到真实自我的价值时，你就不会苦恼了。信不信由你，苦恼也是一件好事。你就像一朵玫瑰，现在你还只是个成长中的小花蕾。现在的你正开始开出花朵,伸出的花瓣它和你有同样的疑问:'我要开向何方？'"我说。

"但我不想当玫瑰花。"她俏皮地说。

"说得好！由此你可问问自己:'如果我是一朵花,我愿意做一朵什么花?'然后你就做那朵花儿！"

"但我成长得太久了！"她说。

于是,我给她讲了一个故事:

"有一种叫作中国竹的植物,在种下后的头四年,无论你怎么给它浇水施肥,可它好像一点儿动静都没有。等到第五个年头,你再给它浇水施肥,不到五个星期,它就会长到90英尺高。"

"哇！"她惊叫起来。

"现在我问你,它是在五个星期里长起来的,还是在五年间?"

她想了一会儿,然后轻轻叹了口气,安静地回答:"五年。"然后又说:"我啥花儿都不当了,我要当竹子！"

众人都笑了起来。女孩转过身,和妈妈拥抱了一下。我站起身和她们告别,在拐弯时我转过身又看了她们一眼,看到小女孩这时也站了起来。我敢发誓,此时的她看起来比刚才高了许多。我想,也许她今天就成长了一点儿吧。

其实,人的一生都在成长。

是的,人的一生就是成长的过程,我们经常患得患失,我们一直都是在寻找自己的价值。

不再当"消防栓"

孙开元

每一个人都是独立的个体,独一无二,无法复制。

——艾琳·凯迪

我在很小的时候就喜欢玩橄榄球,那时的我个头不高,可是又有力气又很胖。我们的"大蜘蛛"橄榄球联队没有年龄限制,但要求有足够的体重,我在8岁时体重就达标了。

可是,在我长到11岁的时候,我的体重超标太多了。不过,爸爸是球队的一个赞助人,也是教练的朋友,所以我又觉得没理由放弃。但我虽然只有11岁,可体重达到了200多磅,得想个办法才行。

教练知道我遇到了麻烦,所以他想了个好主意。一天,他递给我一件用黑色垃圾袋做的T恤衫。

"穿上它,"他低声命令着,然后帮我把脑袋和胳膊从垃圾袋上剪出的几个窟窿眼儿里探了出来,"绕着训练场跑,我让你停再停!"

我每跑完一圈就迟疑着朝他挥手示意,而我的队友们则戴着漂亮的头盔说着什么,时不时地还指着我笑。

"接着跑,消防栓!"教练嘴里叼着雪茄吼着。"消防栓"是他给我起的外号,没人能说出教练为什么会给我起这个外号,我想可能是我现在这个形象就跟个消防栓似的吧。

每天训练我都要穿着这个丑陋的垃圾袋跑几圈,我一边在草地上跑,一边就能听到胳膊下面垃圾袋摩擦出的"沙沙"声。我那两条又短又粗的大腿不美观不说,还老让我绊东西甚至跌倒。其他的队员们这时就会小声笑出来,的痛苦只有我知道。多少天过去了，垃圾袋衬衫并没能帮我减下体重，教练又要带我去附近的一家浴池里洗桑拿浴。在接下来的星期六，我骑着自行车到了那儿，教练又让我穿上那件塑料衫，然后把我塞进了一个木头小屋，里面有两把长椅，旁边的架子上摆着热得发红的石头。他把水倒在石头上，一股蒸汽就冒了起来，然后他就关上了屋门。

透过屋里窗户上的一个小孔，我看到教练正在外面一边嚼着圈饼，一边喝着咖啡。我从昨天就没吃过东西，肚子骨碌碌地叫了起来。

我大汗淋漓地坐在浴室里，不知道还要这样撑多久。从我 10 岁的时候起，我就开始起劲地减肥，我每天都不吃早餐，到中午才在学校里吃带去的一盒饭，可根本不管用，体重就是下不来。

教练偶尔会把他那个公牛一样的脑袋伸进浴室，看我还活着没有。我坐在浴室里淌着汗，忽然意识到很不对头。星期六的早晨，别的孩子都还在睡觉，我却穿着捂一身汗的垃圾袋！我这是为了什么？

我突然间明白了，我在逼迫着自己做一件自己根本不想做的事情！想到这儿，我决定不再这样撑下去了。

我两腿哆嗦着站了起来，走出了桑拿浴室。我终于明白了，我不必为了得到别人的肯定，就非要进行这种训练不可。

"我告诉你可以出来了吗？"教练几分钟后从游泳池里出来了，看到我正一边喝水，一边享受着一块他那油亮的圈饼。

我摇了摇头说："我放弃了。"我声音颤抖着说。

"放弃？"他冷笑着对我说，"你不能放弃。你爸爸会怎么想？你不想让他因为你而自豪了吗？"

但是问题就在这儿，我这次有了自己的主见，如果爸爸不会因此而为我感到自豪，那他对吗？我是个好孩子，从来不惹麻烦，学习成绩也好，我还非要做自己不想做的事吗？

我摇了摇头，告诉教练这一切都结束了，我不想再忍饥挨饿了，也不想再穿着件垃圾袋让别人笑话我了。

教练马上给我爸爸打了电话，向我爸爸解释完后，他嘟囔着把话筒递给了我，我的手有些哆嗦。

爸爸平静地说："教练说的是真的吗？"

"是的。"我低声对着话筒说。

"你不想再打橄榄球了？"他又问。

"再也不想了。"我喘了口气说。爸爸在电话里笑了，这让我感到很意外。"我还以为你想当一名橄榄球星呢！"爸爸说。

我放下电话，向教练告了别，骑上自行车走了，教练站在那里，怒气冲冲的没说话。

从此，我开始了新的生活，更自信也更成熟了。一天，我们全家人出门时遇到了教练。"'消防栓'是什么意思来着？"他冷笑着问我。

爸爸看了看我，然后纠正了教练："你说的是'鲁斯迪'，对吗，教练？"教练嘴里叼着雪茄，咕哝了一句什么，但已经无所谓。

从那儿以后，再也没人叫我"消防栓"了。

我们经常被迫成为别人心中的那个自己，我们所做的一切，无非就是赢得别人的满意，可是我们自己呢？自己幸福吗？可能只有自己知道吧！

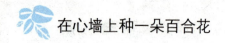

一巴掌打到埃及去

宝谷

平凡的人听从命运,只有强者才是自己的主宰。

——维 尼

他出生在一个贫苦的家庭,在 18 个兄弟姐妹中排行第十二。从 8 岁开始,他就立志要当一个成功的作家。有一次,父亲问他:"十二,你长大后要干什么?"他回答说:"我长大后要当作家,写文章给别人看。"父亲问:"那作家具体做些什么呢?"

他说:"作家就是坐下来,写一些字寄出去,然后等着人家寄钱过来。"

父亲听完非常生气,当场甩给他一巴掌,说:"傻孩子,这个世界哪有那么好的事情?即使有,也不会轮到你!"

事实上,父亲生气是有道理的,因为他们居住的那个地方几百年来从没有出过什么作家。幸好,母亲了解他,支持他。

他也相信,只要自己努力,长大后一定会成为一个作家。

再长大些的时候,他又有了一个梦想。那是冬季的一天,他考试得了第一名,老师奖励给他一本世界地图。这一天,刚好轮到他给家里人烧热水洗澡。他蹲在大锅炉前面,一边烧水一边看地图。他最先打开的是埃及地图,上面关于尼罗河、亚斯文水坝、金字塔、人面狮身的介绍让他心驰神往。

正在他沉醉其中的时候,父亲裹着毛巾从浴室出来了。"你在干什么?"父亲气冲冲地问。"我在看埃及的地图。"他回答。这一次,父亲又毫不客气地甩了他一巴掌,说:"火都熄了,还看什么地图!"他说完,又一脚将儿子踢到火炉旁,"继续生火!"

父亲走到浴室门口,转身过来却见他又在翻看地图,于是狠狠地对他说:

"我们家现在连买一张到城市里的车票的钱都没有，我用我的生命向你保证，你这一辈子绝对不可能去那么远的地方！"他听完，一边烧火，一边委屈地流眼泪。他在心里默默地对自己说：我的人生不可以被别人决定，即使是我的父亲也不行。长大以后，我一定要去埃及！

二十几岁的时候，他离开家乡出去闯荡。他在屠宰场杀过猪，在码头做过搬运工人，摆过地摊，还在餐厅推过餐车洗过碗盘。为了养活自己，以及养活自己写作和旅游的梦想，他什么事情都做，什么苦都吃。

通过几年的奋斗，他在30岁之前就同时实现了儿时的两个梦想——成了一个作家，还踏上去埃及的旅途。他在埃及整整旅行了3个多月。来到金字塔面前时，他提笔给父亲写了一封信："亲爱的爸爸，记得小时候你曾经打过我一巴掌，踢过我一脚，还保证说我这辈子绝对不可能去像埃及那么远的地方。现在，我就坐在埃及的金字塔下面看着夕阳给你写信。"

后来，他回家听母亲描述了父亲接到那封信时的情形，他一边看一边颤颤抖抖地说："这是哪一巴掌打的，竟然被我一巴掌打到埃及去了？"他就是台湾作家林清玄。

林清玄曾说过这样一段话："你生活的环境并不能决定你的未来，你的人生经历也不能决定你的未来，只有你内心的向往才能决定你的未来。"当作家和去埃及，就是林清玄儿时内心的向往。当初，他正是撇开了父亲的保证，选择自己保证自己，才在最短的时间内实现了两个梦想。

谁的人生都不可以被保证，主动权在自己手上，用决心、恒心、信心托起梦想，总会实现的。

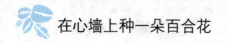

最牛沙县小吃店主的英语逆袭

李耿源

有了坚定的意志，就等于给双脚添了一对翅膀。

——贝利

有人说，有城镇的地方就有沙县小吃。这话虽夸张，但福建沙县人开的小吃店遍布大江南北倒是事实。"80后"小伙子李建标，便是沙县10万户在外经营小吃的店主之一。

2002年，17岁的李建标中专毕业后便外出打工。因生性腼腆，在外面碰了一鼻子灰，便回来继续求学。三年大专毕业后，他又在外折腾了几年，仍然没有找到合适的工作，只好到父母在杭州开的小吃店帮忙。

到杭州不久，李建标发现经常有外国人来店里品尝小吃。他们的小吃店位于杭州学院路，附近有不少高校，街道对面就是杭州英孚学校。老外到店里来吃饭，因看不懂菜单，每次点菜都指着菜单比画，而他们又常常会错意。

李建标就想，得让老外看懂菜单。于是他买来《英汉辞典》，花了十几个晚上的时间，翻译出一份沙县小吃英文菜单。当他小心翼翼地将英文菜单递到老外手里时，他们眼睛都亮了。

因为有了英文菜单，给李家小吃店增加了不少生意。不少外教、外国友人慕名而来，他们喜欢上了沙县小吃。

一份英文菜单就能带来生意，让李建标触动很大。他下定决心："我要学好英语！"这想法与父母一说，父母当即同意，并一次性给他交了英孚一年的学费1.5万元。

英孚教育是全球最大的私人英语教育机构，在杭州有 4 家分校。英孚教育等级分 0~16 级，李建标入校笔试、口语测试结果为 3 级，仅相当于普通初中生英语水平。

差距这么大，怎么学？小吃店早上 7 点开门，凌晨 1 点才关店，能给他学英语的时间并不多。但下了决心的李建标硬是找到了学英语的诀窍：就是厚脸皮一张，不害羞，多听、多说、不怕说错。一走进校园，他就坚持不说中文，无论遇到老师还是同学都用英语交流。

更多的时候就是见缝插针练口语。譬如，利用每天中午到学校送外卖时与外教交流。外教们晚上喜欢到酒吧喝酒聊天，李建标知道后，就经常陪他们一块儿去。虽然很少能说上话，但他仔细听，认真琢磨，先听清几个单词，再回忆句子，猜测意思，不懂再问。在杭州大街小巷常能遇见外国人，李建标就主动用英文跟人打招呼。

半年之后，李建标觉得有把握能考个英孚八九级，就申请考试，可测试结果并不理想，只得 6 级。于是他更加勤奋了，从原先一天学习四五个小时改成一有时间就学。晚上关店后，他就继续上网和外教在线聊天学习。课余，他就邀请外教们到小店聚餐交流。

功夫不负有心人。一年后，他的口语水平连升 10 级，从原来的 3 级一举达到 13 级，相当于雅思口语七八分（满分 9 分）。现在，他看英语电影无须看字幕，也能与不懂中文的老外轻松交流了。

一间门面不大的沙县小吃店，经常有老外光顾，店里的"小二"还用英语和老外侃侃而谈，这让其他客人见了啧啧称奇，也让杭州的媒体闻风而动。他被誉为"最牛的沙

县小吃店主"。李建标和他的小吃店在杭州火了!

从英孚毕业后,李建标不想浪费所学知识,计划回乡创办英语培训机构,教家乡人用英语推介小吃。沙县地处闽西北,在那儿的农村,如果孩子成绩不理想,初中毕业后就会出来经营小吃。现在沙县小吃已开始落户上海、广州、杭州这样的大都市,难免会有老外来品尝,如果懂英语就非常有用了。

只要坚持就能成功,相信这位腼腆的沙县小伙子能在不久的将来成就梦想,实现他的再一次逆袭。

坚持是种非常可贵的品质。坚持做一件事情,就像在翻越一座高山,只有到了山顶的那一刻,你才看得出意义。

用手指和耳朵打开斑斓多姿的世界

十三页

人类最大的快乐不在于占有什么,而在于追求什么的过程中。

——班适

2008 年北京残奥会召开时,女朋友约明亮去看一场比赛,女朋友右腿残疾,明亮是位盲人,结果明亮失约了。不是他不愿意去,而是女朋友一改平时有事打电话的习惯,发了一条甜蜜的预约短信,看不到内容的明亮也没当回事,再说,找别人念恋人的短信那是多么尴尬的事情啊!

同为盲人的他,听完好友明亮的倾诉后感同身受,为明亮也为自己感到无奈和遗憾。他心想:"全国盲人数量达 1700 多万,这是一个多么庞大的队伍啊! 盲人的世界不应该只是黑色,同样可以和其他人一样的斑斓多姿!"他决心改变这一切,要让手机"说话",专门打造一款适合盲人使用的手机。

为此,他不顾家人的反对,把自己开着的 8 家盲人按摩连锁店和房产一起卖掉,甚至连多年的积蓄都投入进去,注册了自己的公司。首先遇到的难题是招程序员,他一遍又一遍地和前来面试的程序员谈公司的要求和远景,可不少程序员认为他的构思虽好,实施难度太大,纷纷望而却步。第 18 个面试者名叫冀冬,冀冬坐在他面前时,他没有再谈公司的远景,而是谈起了盲人的生活。他说:"你们的生活是五颜六色的,我们的生活只有黑色。帮盲人改变他们的生活方式,开发一款普通的软件可能没人记得你,可每一个使用这种软件的盲人一定会打心眼儿里感谢你。"他的这番话感动了冀冬,经过 3 天的考虑,冀冬最终决定加盟该公司并组建了研发团队。

几个月后,公司步入正轨。研发出了一种盲人专用手机,经过几次改良,盲人只要在手机上安装一款名叫保益悦听的软件后,就能顺利使用手机的主要功能。此外,通过专门设计的语音通知页,包括有多少电量、续航时间多久、信号强度如何、几个未接来电、几条未读短信等，这些信息都会转变成声音告诉盲人。这款产品给众多盲人带来了惊喜和希望。

随着互联网的发展，人们对手机上网、QQ、微信的使用越来越多。于是他提出公司发展新方向——让盲人也能用上 QQ。可要手机能读出 QQ 聊天的内容，几乎是不可能的事，除非你拿到 QQ 软件的源代码，这牵涉到商业机密，谁会拿公司根本利益来开玩笑啊！于是，他就天天给腾讯客户打电话，一直无果，就在他近乎绝望的时候，一名腾讯员工偷偷告诉了他马化腾的邮箱，他喜出望外，赶紧给马化腾写了一封长信，希望能帮助盲人朋友一把。第二天就收到了回信，马化腾派专人与他沟通，终于解决了这个问题。紧接着，他又给百度 CEO 李彦宏发邮件，开发盲人语音输入法，如今他已经与百度地图、UC 浏览器、墨迹天气、虫洞语音等相继签约合作。

他就是黑暗中的创业者——北京保益互动科技公司董事长曹军。

曹军的公司 70%的员工都是盲人，他们从事客服、后台等工作，是真正的白领。让公司员工自豪的是，更多的人借助保益悦听开淘宝店，或成为网络客服。而他的保益悦听软件用户也已达 9 万多，其中包括 6 万多的付费用户，和近 3 万的公益版的用户。随着触屏手机和安卓系统成为潮流，他又提出了新的目标——"指哪儿读哪儿"，开发出了触屏版本。还自创了盲人使用手机的手势，诸如一横一竖代表"返回键"等，极大方便了文化程度低的盲人。如今，公司做了新闻推送平台，把每天发生的国内外的新闻，通过短信模式推送给盲人，还推出定位和导航，通过在一些地区开展线上和线下的培训，手把手地教给盲人如何使用智能手机，如何上网，如何聊微信这种基本的应用。不少盲人朋友向他反馈，这真正改变了他们的生活方式。

提及自己的创业初衷，曹军说："创业不是为了赚钱，而是为了改变。"他的理想是让盲人不受视力所限，想干什么就干什么，让盲人和明眼人站在同一条起跑线上，改变盲人的就业模式，用手指和耳朵打开一个斑斓多姿的世界，让他们过上真正幸福的生活。

我们总是要去改变些什么，改变不了世界，那就改变自己，改变不了自己，那就为世界创造价值，总得做些什么。

找到自己的赛道

顺江

当我活着的时候，我要做生命的主宰，而不做它的奴隶。

——惠特曼

他从安徽老家的一所旅游中专毕业后，跑了好多城市，转遍了大半个中国，干过导游、餐饮、做过推销、炒过股票，甚至还钻进建筑工地干过小工，加起来有 20 多份工作。不过每份工作干的时间都很短，几年下来也没赚到多少钱。

这次来到大连，他被一家摄像工作室录用，做起了摄像助理。这家工作室与一家旅行社在合作，主要给游客旅行中的快乐瞬间做一个视频记录，使旅途变为"乐途"，给游客一个美好的纪念。这个工作对他来说真是再合适不过了，因为童年最大的娱乐项目就是看电视，对摄影的关注和渴望让他的兴趣和积极性完全调动起来了。但热情再高涨，由于不善于推销，到了月底，他的业务量还是垫底。他又选择了辞职。

来大连的第二份工作是到一家幼儿园做电脑维护，没事的时候，他就看孩子们跳舞唱歌，平时孩子们表演的场景他都用 DV 拍摄下来，这些花絮很受家长们的欢迎，纷纷找他给自己的孩子拍。这时他又开始寻思："如果我拍短片，应该会有很大的发展空间！"于是他成立了自己的数码影像工作室。

真正做起来时才感觉到创业远比自己想像的差距要大得多，拍摄器材的不足，拍摄前的准备，拍摄中的突发情况处理，还有后期的配音等等，诸多困难烦扰着他。为了生存还要接拍一些婚礼的"爱情短片"，但毕竟所接的单子太少，最终公司到了无法运营的境地，合伙人也离开了他。坚持还是放弃？他骑虎难下。这时他想起了来大连前一晚上父亲叮咛自己的话："人的这一生，

就像那电视上体育比赛一样，不同的比赛有不同的赛道，百米短跑运动员能进入长跑的跑道吗？关键要找到自己的赛道！"自己是真心热爱摄影，这就是自己的赛道，他暗自鼓励自己、咬牙继续坚持，拍摄方向仍以爱情短片为主。

两年内，他已在业界小有名气，接到的订单越来越多，他将公司的对外称呼也从"数码影像"改为"Fly数字电影工作室"。2011年，"微时代"到来，微电影兴起，他的事业也迎来了转折点，先后有40多名"80后"进入他的团队。有的加入者本身有着不错的工作，收入也很丰厚，但就是愿意在这里拿很低的薪水，干很累的活儿。用他们的话说就是"他们都是一个赛道上的人"。

他就是范华清，2013年7月，他感觉离自己的梦想更近了，因为他们终于有一次触摸自己梦想的机会——他们的公益微电影《飞爱》已经开机。而且还吸引来了成龙的"成家班"七小福之一涂圣成友情出演，甚至还请来《我是特种兵》及《王的盛宴》制作班底友情支持。

很多时候，有的人频繁跳槽就是缘于不能给自己一个准确的定位，这山望着那山高。其实，只要认清自己的兴趣爱好、特长和优势，就是找到了自己努力的方向，拼搏的赛道。找到了自己的赛道并为之奋斗，梦想的实现就不遥远！

> 茫茫人海，最难认清的就是自己。给自己定位，去做自己喜欢的事吧！

冷门爱好可以有

李莉

伟大的作品不是靠力量，而是靠坚持来完成的。

——约翰逊

　　歌手张洁在舞台上穿过他制作的纸盔甲，吴昕和阿SA在节目上穿过他制作的纸裙装，他的折纸作品代表中国参加国际折纸展，他在大学时成立了折纸工作室，靠折纸养活了自己。他，便是26岁的大男孩陈晓。这个男孩，选择的折纸爱好曾不被家人认可，如今，这一爱好却成了他的事业。

　　陈晓是广东汕头的一个性格内向的男孩。2007年的一天，就读高中的他，偶然在网上看到一段折纸视频，视频上，折纸人灵巧的双手上下摆弄，竟然用一张普通的纸折出了栩栩如生的立体造型。这化平凡为艺术的过程，让他产生了浓厚的兴趣。

　　通过上网查询有关折纸的相关知识，陈晓了解到折纸虽然起源于中国，但是折纸艺术却是在日本发扬光大的。他萌发了这样一个想法，他要自学这门技艺，并在国内推行这门美好的技艺。他把自己关在屋里，在网上搜索各种折纸技艺来学习，常常一折就是好几个小时。父母见他痴迷于折纸，十分担忧，指出这种爱好是"冷门爱好"，喜欢的人少，对今后的发展也没多大帮助。可他总是对父母笑笑，认真地说："不要看轻冷门爱好，只要将爱好做到极致，很有可能将它做成事业。"父母对他的理论又好气又好笑，虽不再强烈反对，但在内心仍不看好他的这一所谓"事业"。

　　2009年，陈晓进入了医学院就读，在课余，他仍不停地研究折纸。这时，他开始不满足于模仿别人的折纸，他希望能做原创。但从模仿到创新，上这一台阶，却不是那么容易的事。经过无数次的失败后，他终于能制作出自己构思的作品。记得他折了一只黑色的纸蜘蛛，自己也觉得其栩栩如生，十分满意。喜欢搞怪的他调皮地用双面胶将"蜘蛛"贴在了墙上，静等有点近视的室友回来。当室友回到寝室，看见那"蜘蛛"，吓了一跳，拾起床边的拖鞋就要去拍。他一个箭步冲上去，忍住笑，拦住了室友，"救"下了这只蜘蛛。当室友知道是纸蜘蛛时，连连惊叹，说："你的作品真是令人叹为观止，吓死人不偿命啊。"

后来，其他同学闻风而来，充分"利用"起他的纸艺了。有谈恋爱的男生，请他折玫瑰花，送给女友作礼物；有喜欢变形金刚的同学，请他折个变形金刚纸模放在案头留念；有亲人要过生日，请他折星座造型作为礼物……他有求必应，也很高兴自己能用折纸技艺给同学们带来快乐，赢得友情。

同学们鼓励他办一个折纸工作室，将折纸与商业结合起来。在大家的鼓励下，大一下学期，他联系了几个广东的折纸爱好者创办了"叹为观纸"工作室，工作室初期以展览和现场的简单互动为主。后来内容开始渐渐丰富，推出了结合折纸造型和技巧的作品。目前，工作室在同玩具公司合作，做迪斯尼玩具的造型设计。

工作室的全体成员也在2013年应邀参加湖南卫视《快乐大本营》节目，在节目中，展出了他们创作的各种动物、人物作品，引得在场观众啧啧称赞；吴昕和阿SA穿上了"叹为观纸"工作室制作的纸裙装，合身美丽的裙装上身，宛若仙子，惊艳全场，将节目推向了高潮。2013年7月陈晓创作的两件折纸作品"嫦娥"和"洛神"，代表中国在日本参加国际折纸展，并被收藏在美浓御茶水和纸会馆。这不仅是他个人的成绩，也代表着中国折纸开始走向世界。

26岁的陈晓谈到折纸时，眼里总会闪过光芒，他说要将工作室继续做下去，他要成立折纸公司，将爱好进行到底。提及"冷门爱好"这个词，他笑着说："冷门爱好可以有，只要你用热情和执着去浇灌它，它同样可以成就事业。"

是的，当你的爱好独辟蹊径，成了"冷门爱好"时，不要因为它不被众人认可就轻易放弃，要学会像陈晓一样，用热情和坚持，将不被看好的"冷门爱好"变成自己的事业。

一张纸都能做出大文化，其实生活里有许多事物对大家来说都是"冷门"，如果我们用热情和执着去追求，"冷门"事物也能开出绚丽的花。

没有任何努力会白费

张君燕

生活的花朵只有付出劳力才会绽放。

——巴尔扎克

读小学时，我的身体很不好，生病住院便成了常事。为了提高我的身体素质，父亲想尽了办法，各种食补都进行一遍之后，父亲决定听从医生的建议，遵从"运动是强身健体的最好方法"这个理念，老老实实地带着我跑步、爬山、打羽毛球。可怜我此后便拖着瘦小的身板，气喘吁吁地跟在父亲身后锻炼。不间断地跑了三年步，周末爬山、打球、跳绳，父亲变着花样地陪我锻炼。我曾无数次幻想，在某个清晨醒来，自己一下子变得强壮起来，不再受任何疾病侵扰。可这样的情景却一直不曾发生，我依然三天两头生病，依然隔几个月便要住一次医院。母亲看着我瘦弱的样子，忍不住摇头叹息："唉，这每日的锻炼算是白费了。"我跟着连连点头，心里期盼能结束劳神费力的锻炼生涯。没想到父亲斩钉截铁地说："不会白费的，一定要继续锻炼下去。"

在父亲的监督和陪伴下，我渐渐地喜欢上了运动，也可以说运动成了我生活里不可或缺的习惯。几年后的某一天，我和父母坐在一起聊天时，母亲突然说："妞儿好像很长时间没生病了呀。"母亲的话让我也突然一惊，可不是嘛，就连这个流感盛行的初冬，我的身体也没有任何不适呢。面对我们娘俩的感叹，父亲倒像是早有预料："我早就说过，努力不会白费的，只不过是量变还未达到质变。"

突然想起以前的一个同事。我们的工作相对轻松，而且没有太大的压力。工作间隙，同事们常常聚在一起聊天，或者在电脑上购物，有的人干脆闭起眼睛养精蓄锐。但小蕊却和我们都不一样，她总是会拿出本书默默阅读。她的书我看过几眼，都是一些文学读物，很有深度的那种。又不是学生了，读那些书有什么用？一些同事也在私底下悄悄议论，"小蕊的理想是当个文学家呢，哈哈"，"可别说，有时下班了我还看到她趴在桌子上写写画画呢。"

面对同事们的非议，小蕊只是一笑了之，依然在空闲的时候看书、写字。不过遗憾的是，我们做同事的几年里，小蕊一直是默默无闻的小职员，她的生活和工作没有因为她的努力而有一点点改变。直到那次在街上偶然相遇，我才知道小蕊已经出了好几本书，而且她如今的新工作，也因她的这个特长而做得风生水起。"当初我也以为自己所有的努力都白费了，你不知道我曾悄悄投了多少次稿，但都如石沉大海。"小蕊笑了笑，继续说，"幸好我坚持了下来，其实，没有任何努力会白费，只是时间还未到而已。"

是呀，我们所经历的每一段岁月都有它存在的价值，我们所做出的所有努力也都有它的意义。请不要轻易辜负每一段岁月、每一份努力，生命就在每一天平凡的生活里，焕发出不一样的精彩。你要记住，没有任何努力会白费，也许在某个不经意的瞬间，预想中的成功就会与低头努力的你撞个满怀。

量变引起质变，努力也一样，每一滴汗水都不会白流，积累到一定程度，你会收到一份意想不到的欣喜。

着装实验

蒋光宇

好的形象是成功的开始。

——卡耐基

乔恩·莫利先生是美国著名的形象设计大师，他曾做过一个着装实验。着装实验的目的是要搞清楚：按照社会中上层人士的习惯着装，或按照社会中下层人士的习惯着装，人们将如何看待他们的成功率，将如何与他们相处共事。

着装实验是分下面两部分进行的：

首先，他调查了 1632 个人，给他们看同一个人的两张照片。但他故意宣称，这不是同一个人，而是一对孪生兄弟。其中一个穿着社会中上层人士常穿的卡其色风衣，另一个穿着社会中下层人士常穿的黑色风衣。他问调查对象，他们之中谁是成功者？结果 87% 的人认为穿卡其色风衣的人是个成功者，只有 13% 的人认为穿黑色风衣的人是个成功者。

其次，他挑选 100 个 25 岁左右的大学毕业生，都出身于美国中部中层家庭。他让其中的 50 个比照中上层人士的标准着装，让另外 50 个比照中下层人士的标准着装。然后把他们分别送到 100 个公司的办公室，声称是新上任的公司经理助理，进而检验秘书们对他们的合作态度。他让这些新上任的助理给秘书下达同样的指令："小姐，请把这些文件给我找出来，送到我的办公室。"说完后扭头就走，不给秘书对话的机会。结果发现，按照中下层人士标准着装的，只有 12 个人得到了文件，而按照中上层人士标准着装的，却有 42 个人得到了文件。显然，秘书们更听从那些比照中上层人士标准着装人的指令，并较好地与他们配合。

乔恩·莫利先生从着装实验得出了这样的结论：大多数人都是本能地以外表来判断、衡量一个人的身份和地位，进而决定自己对一个人的态度。在社会上进行交往时，一个人如何着装，将影响到别人对自己的态度、可信度和配合程度。

乔恩·莫利先生进而提出了这样的分析与忠告：对于绝大多数人来说，几乎都无法与比尔·盖茨相比。他是一个超级品牌，他的名字已经成为超级成就的代名词。他的辉煌成就，他对世界的巨大贡献，决定了他无论穿什么、讲什么，几乎所有的人不仅能够接受他、相信他，而且尊敬他、崇拜他。他是个奇特的传奇人物，他的成就和业绩已经超出形象可以传达的内容。衡量社会"成功"人士的形象标准已经无法应用于他。即使如此，比尔·盖茨本人也并非完全不关注自己的形象。只要认真观察就会发现，他的形象也在与时俱进，日趋完善。但是，对我们中的绝大多数人来说，却不能不在乎他人对我们着装的反映，不能不注重自己的着装。

在社交越来越重要的今天，外在形象无疑成为了自己的社交名片。得体的着装会获得别人的青睐，相反亦然。但不管怎样，将自己打扮的得体，总是令人舒服的。